KB144590

당신이 반려동물과 이별할 때

반려동물 장례지도사가 건네는 위로의 말

당신이 반려동물과 이별할 때

강성일 지음

행성B

차례

프롤로그

나는 반려동물 장례지도사입니다

나는 반려동물 장례지도사다. 일하는 곳은 반려동물 장례식장이며, 주로 하는 일은 반려동물의 장례 절차를 주관하는 것이다. 가장 사랑스러운 반려동물과 가장 공포스러운 현상인 죽음이 공존하는 곳에 내가 있다. 이렇게 일을 해온 지 11년 차가 되었다. 그동안 직업을 옮길 생각은 없었다. 아니, 정확히 말하면 그런 생각을 할 틈이 없었다. 적어도 지난 11년간은 말이다.

나는 바빴고 또 바빴다. 장례지도사가 바빴다는 말은 그만큼 많은 장례를 치렀다는 말로 바꿔 말할 수 있다. 물론 셀 수 없을 만큼 많은 장례 횟수가 나의 트로

피라는 건 결코 아니다. 하루에도 몇 번씩 장례를 치러 왔다는 건 하루에도 몇 번씩 각기 다른 부고를 듣고 상갓집의 곡소리를 들어야 했다는 뜻이다. 이제 막 죽음을 맞이한 반려동물 앞에 서는 일은 개별적인 경험일 뿐이지, 경력으로 셈할 수 있는 영역이 아니다.

그럼에도 나는 이 직업이 좋다. 누가 직업 자체의 만족도가 높으냐고 묻는다면 고심 끝에 아니라고 말하겠지만, 거기에 예외 하나 정도는 붙일 수 있다. 사람이 동물을 위해 울어주는 광경을 보고 있으면 모든 단점을 상쇄할 만한 사명감이 생긴다고.

누군가는 무너져버린 보호자에게 손을 내밀어줘야 한다. 반려동물과의 이별은 피할 수 없다. 그 말인즉슨 이별에 따른 슬픔을 피할 수 없고, 슬픔이 작정하고 덤벼들 게 뻔한 장례식장에서 누군가의 손을 잡을 수 있다면 조금의 위로가 된다는 뜻이다. 그리고 그 손의 주인이 나라는 걸 늘 가슴에 새기곤 한다.

이 책은 반려동물 장례지도사의 시각에서 반려동물의 장례에 대한 생각을 정리하고 기록했다. 지금껏 공개적으로 한 적 없는 솔직한 마음을 털어놓고, 직업에 대한 자부심을 지키기 위해 노력한 점을 나열해 보기도 했다. 앞으로 내가 걸어가야 할 방향을 가늠하고 그동안 마주했던 보호자와 반려동물을 잠시나마 기억해 보기도 했다.

반려동물의 죽음은 어느 순간, 어떤 형태로 나타날지 아무도 모른다. 이러한 불확실성에 완벽히 대처할 수는 없겠지만 최소한의 준비는 할 수 있다. 그리고 난 그 준비에 언제라도 도움이 되고 싶다.

내가 걸어온 길이 험난하고 무모한 길일지언정 지금의 마음이 향하는 방향만큼은 올바르다는 걸 믿는다. 반려동물 장례지도사를 꿈꾸는 사람들과, 반려동물 장례지도사가 필요한 사람들에게 내가 건넬 수 있는 모든 조언을 여기에 담았다.

Part 1.

동물을 장례 지낸다고?

1
반려동물 장례지도사로 살기로 하다

나의 처음

10년 전이었다. 30대에 들어선 지 얼마 되지 않았던 때다. 당시 난 서비스 관련 소규모 사업을 운영하고 있었고, 다행히 혼자 가족을 부양할 수 있을 정도로 자리를 잡았다. 일이 많은 대신 경제적으로 안락한 삶이 보장되었다. 하지만 이런 반복된 일상은 어느 순간 일에서 얻을 수 있는 보람을 차차 상실시켰다. 다른 곳으로 눈을 돌릴 틈도 없이 오직 자본을 좇는 일에 염증을 느꼈다. 언제라도 그만두고 도망가고 싶은 마음을 겨우 달래며 하루하루를 보내던 시기였다. 꿈이니 평생직장이니 하는 걸 생각할 겨를이 없었다.

지금 생각해 보면 그때 나는 일종의 번아웃증후군을 겪고 있었던 게 아닐까 싶다. 점점 불안해져 가는 마음은 자연스럽게 미래에 대한 내 생각을 바꿔놓았다. 일을 줄이자 생각이 많아지고, 그러다 보니 다른 일이 눈에 들어오기 시작했다.

그래서일까? 나는 새로운 미래를 그리기 시작했고, 그 미래는 좀 더 안정적이길 바랐다. 그때까지 살아온 30년의 삶만큼, 아니 그 이상을 완전히 새로 이어갈 수 있는 일을 찾아야 한다는 다짐에 다다랐다.

그러려면 사람들이 아직 잘 모르는 직업, 아무나 할 수 없는 직업, 나의 미래를 가치 있게 만들 수 있는 직업, 매일 기계적으로 하는 일이 아닌 매일 다른 마음을 담아 할 수 있는 직업을 찾아야 했다.

그때 내가 결심한 것이 하나 있었다. 인생을 살면서 가난하건, 부자가 되었건, 나이 지긋한 할아버지가 되었건 매일 아침 눈을 뜨면 내 일을 하러 나갈 수 있는 곳을 갖고 있어야 한다고 말이다.

그러던 어느 날 당시 사용하던 싸이월드 미니홈피에서 마주한 문장 하나가 내 마음을 흔들었다.

'사람은 좋아하는 일을 해야 행복할 수 있다.'

정신없이 일만 하다 무심코 뒤돌아보니 나의 20대가 별 볼 일 없게 느껴졌다. 그렇게 열심히 살아왔는데 정작 내 마음은 공허했다. 이룬 것도 없고 이루고 싶은 것도 없었다. 허무했다. 매일 쳇바퀴 돌듯 반복하는 일이 직업이라면 나는 과연 평생 이 일을 할 수 있을까 하는 의문이 들기 시작했다.

바로 그때 내 마음을 흔든 문장과 만난 것이다. 내가 진짜 좋아하는 일은 과연 무엇일까. 난 모든 것을 멈추기로 했다. 그리고 내가 무슨 일을 좋아하는지, 또 그 일을 오래 할 수 있을지 진중하게 고민했다. 처음으로 돌아가 나를 위한 인생 계획을 먼저 세웠다.

'과연 나의 처음은 언제일까?' 첫 직장에 출근한 날로 정할지, 성인이 된 시점으로 정할 것인지, 아니면 내 인생을 위해 스스로 뭔가를 처음 결정했던 유년기까지 거슬러 올라가야 하는 것인지 고민되었다. 그러다 주마등처럼 머릿속을 스친, 그야말로 진부하기 짝이 없는 표현처럼 잊고 있던 기억이 하나하나 떠올랐다. 그리고 아주 오래된 기억 속에서 작은 강아지 한 마리가 생각났다. 중학생 때 처음 만난 우리 집 '초롱이'였다.

초롱이는 형제 없이 자란 내게 동생 같은 존재였다. 동시에 우리 집의 네 번째 가족이었다. 내가 성인이 될 때까지 초롱이는 7년이 넘도록 우리와 함께했다. 그러나 내가 군에 입대하고 얼마 후 IMF의 타격으로 집안 사정이 급격히 기울었다. 우리 가족에게 반려견을 건사시킬 능력마저 사라졌다고 판단하신 부모님은 내가 군 복무를 하는 동안 초롱이를 지인에게 재입양 보냈다. 당시엔 반려동물이 가족이라는 인식이 부족했고 부모님께서도 사정은 있었지만 어찌 됐든 파양이었던 거다.

전역 후 난 초롱이를 다시 만날 수 있을지 수소문했다. 그러나 당시 내 능력으로는 가능한 일이 아니었다. 그렇게 나는 마음속으로만 초롱이와 이별해야 했다. 10여 년이 지나도 초롱이에게 미안했다. 그리고 후회했다.

'초롱이는 그때 우릴 원망했겠지? 초롱이는 안온한 삶을 살다 하늘나라에 이르렀을까? 재입양을 받아준

보호자는 그런 초롱이를 고통 없이 잘 보내주었을까?'

마음속 깊은 곳에 숨겨두고 있었던 죄책감 때문에라도 난 초롱이의 삶이 평안했길 바랐다. 그리고 다시는 이런 종류의 후회를 하고 싶지 않았다. 미안한 만큼 나 스스로 평생 초롱이를 떠올리며 살아야겠다고 마음을 먹었다.

그렇게 난 처음으로 돌아갔다. 처음에는 초롱이에 대한 마음에서 비롯된 다짐이었으나 한편으로는 반려동물과 관련한 일이라면 그래도 내가 꽤 잘할 만하다고 판단했다. 나의 처음에서 건져 올린 결정이었다. 그때부터 내 머릿속을 온통 장악하기 시작한 건 반려동물과 관련된 직업들이었다.

처음엔 강아지에 국한해 반려동물 관련 직업을 추려보았다. 지금과 달리 그 당시만 해도 반려동물이라면 강아지 아니면 고양이라고만 생각했다. 훈련사, 미용사, 호텔, 용품 매장, 용품 개발, 푸드 개발 등 하나하나 따져보니 생각보다 다양한 직업군이 존재하고 있었다. 그중에서 사업과 직결된 직종은 일단 제외했다. 소신에 따라 직장을 그만둔 상태에서 당장 돈 벌 수단이 필요한 건 아니었다.

그러다 근본적인 의문이 들었다. '동물은 죽으면 어떻게 되지?'

예전에는 주로 마당이나 뒷산에 묻어주었지만 시대가 바뀌었다. 사람도 매장보다는 화장을 훨씬 많이 하는 시대로 접어들었다. 그때부터 난 지금까지 나열했던 반려동물 관련 직업을 모두 머릿속에서 지워버렸다. 분명 동물의 장례가 필요할 테고 어디선가 그러한 일을 하는 사람이 있을 거라는 확신이 들었다. 내 예상대로 국내에도 동물 화장 시설이 있었고 이미 장례지도사로 활동하는 분들도 계셨다. 마침 사회적으로도 '반려동물 장례지도사'라는 직업이 서서히 부각되기 시작할 때였다.

반려동물 장례지도사라면 누군가의 소중한 반려동물이 무지개다리를 잘 건널 수 있게 도와줄 수 있을 거라고, 나로서는 그 어떤 직업보다 보람을 느낄 수 있는 일이라고 생각했다. 초롱이와의 이별로 얻은 죄책감이 마음 한구석에 굳게 자리 잡았지만 반려동물의 죽음 앞에서 최선을 다해 슬퍼할 수 있는 사람이 된다면, 세상을 보다 가치 있게 만들 수 있지 않을까 생각했다. 그렇게 결심을 세웠다.

그리고 지금의 '반려동물 장례지도사'는 나를 설명하는 단어가 되었다.

무작정 돌진하다

몇 년 전만 해도 '반려동물'보다 '애완동물'이라는 말이 훨씬 많이 쓰였다. 한집에서 함께 지내는 동물을 그저 곁에 두고 예뻐해 주는 존재로 여기는 게 당연한 시절이었다. 그러나 곧 많은 보호자가 사랑하는 동물의 죽음을 마주하면서 자신이 동물의 삶뿐 아니라 죽음까지 책임져야 하는 반려자라는 걸 깨닫기 시작했다. 점차 자기 동물을 끝까지 지켜야 한다는 인식이 뿌리내렸다. 그러면서 반려동물에 대한 사회적인 합의가 하나씩 이루어지고 관련 산업 역시 폭발적으로 성장하는 시기를 맞이했다.

하지만 당시 내가 처음 반려동물 장례지도사라는 직업에 대한 윤곽을 잡아갈 때만 하더라도 아직 국내 반려동물 장례산업은 미비한 실정이었다. 반려동물 장례식장은 물론, 동물 전용 화장터의 수조차 손에 꼽았다.

반려동물의 '진짜' 마지막을 확인하기 위해서는 직접 겪어보는 방법밖에 없었다. 물론 그땐 반려동물의 마지막에 관여한다는 것이 이토록 중요한 의미인지 모를 때였다.

그렇게 나는 경기도의 한 동물 화장터에서 아르바이트부터 시작했다. 그땐 반려동물의 장례라기보다 사실 동물의 사후 수습에 불과했다. 그 과정도 물건을 사고 돈을 지불하는 것마냥 단순했다. 보호자가 동물의 사체를 데려와서 일정 금액을 내고 돌아가면, 화장 후 유골을 정리했다. 별도의 추모나 안치 절차 역시 없었다. 그 일을 반복하며 동물을 마주할 때마다 내 마음은 삐그덕거렸다. 당시 난 가장 허드렛일부터 배우며 일하고 있었다. 아무런 힘도 없었고 뭔가를 새로 할 능력도 모자랐다. 그러나 가슴속에서 뜨거운 무언가가 점점 커지는 걸 느꼈다.

'더 나은 방법이 분명 있을 것이다.' 이 생각 하나로 나는 꾸준히 고민했다. 지금 방식은 내 눈앞에서 허망하게 사라지는 동물들에게 가혹했다.

그러던 어느 날 지인에게 일본의 반려동물 장례문화

가 어떻게 자리 잡았는지 이야기를 들을 기회가 있었다. 단편적인 얘기였지만 난 충격을 받았다. 지금껏 동물을 위한다며 배워온 것들이 한참 잘못되었다는 생각이 들 정도였다.

지인은 일본에 잠깐 머물 때 고양이의 장례를 불교식으로 치른 걸 본 적이 있다고 했다. 사람의 장례와 다를 바 없는 분위기에 전문적인 시설이 갖추어져 있었다고 했다. 그 얘기를 듣고 내 머릿속의 물음표는 느낌표로 바뀌었다.

곧바로 일본으로 날아갔다. 일본의 장례문화를 내 눈으로 직접 보고 경험하고 싶었다. 먼저 지인이 말한 반려동물 장례식장을 수소문 끝에 찾았고, 다행히 그곳에선 장례 절차 참관을 허락해 주었다. 고맙게도 그곳 담당자는 멀지 않은 곳에 있는 장례식장을 몇 곳 더 소개해 주었고 체류 기간 내에 가능한 여러 곳을 방문해 보았다.

일본어를 완벽하게 구사하지 못해서 내 생각을 온전히 전달하기에는 많이 부족했다. 그럼에도 그들과 내가 반려동물의 죽음을 생각하는 마음이 같아서인지, 우리는 언어보다 마음으로 소통하고 있다는 느낌이 들었다. 이후에도 난 짧은 휴가 때마다 일본에 갔다. 공식적으로는 휴가 명목이었지만 내겐 배움의 기회였기 때문이다.

일본의 반려동물 장례문화는 우리나라보다 약 10년 이상 먼저 자리를 잡았다. 그 때문에 반려동물 장례식장의 수도 우리와 비교가 안 될 정도로 많다. 또 신을 가까이 모시는 일본 특유의 문화 때문에 생활권과 가까운 곳에 반려동물 봉안당이나 신사가 마련되어 있는 편이다.

이런 일본의 반려동물 장례 절차는 일반적으로 불교문화에 바탕을 두고 있었다. 세상을 떠난 반려동물의 넋을 기리고 이에 대한 예우를 다하는 장면은 생소하지만 감동적이었다. 향내가 가득한 추모 공간에서 스님이 목탁을 두드리고 경전을 읊는 분위기는 사람의 장례와 다를 바 없었다. 보호자는 재단 위에 안치된 반려동물의 영정 사진 앞에서 스님의 지도에 따라 추모 의식과 절차를 진행했다.

경건하면서도 안락한 분위기 때문인지 보호자와 추모객들의 행동 하나하나가 마치 성스러운 종교 시설을 이용하는 듯 보였다. 그 안의 모든 사람이 이 세상에서 더 이상 함께할 수 없는 반려동물을 조용히 기억하고 진중하게 애도하는 모습은 일회성이거나 독특한 장면이 아니었다. 하나의 문화로 정착된 정서였다. 고귀하고 엄숙하게 반려동물의 마지막을 지켜주는 장례문화가 자리 잡은 것이다.

그만큼 반려동물과 그 보호자를 대하는 장례지도사의 태도 역시 조심스러웠고 배려심이 느껴졌다. 당시 국내에서 장례가 아닌 화장을 주로 해왔던 나로서는 일본 장례지도사의 모습이 경이로워 보일 수밖에 없었다. 모든 과정이 불필요한 절차 하나 없이 명확했고, 보호자를 존중하는 태도는 물론 그에 해당하는 의전까지 잘 이행하고 있었다.

그들은 보호자에게 반려동물을 인계받는 순간부터 사소한 것 하나하나까지 섬세한 손길로 모든 과정을 주관하고 있었다. 이후의 모든 절차에서 사체 오염이나 훼손을 최소화하려는 노력이 엿보였다. 무엇보다 모든 절차마다 보호자에게 세세히 설명하고 있었다. 당시 국내의 동물 화장문화와는 매우 대조적이어서 허망함까지 느껴졌다.

일본의 반려동물 장례는 떠나는 쪽과 떠나보내는 쪽

모두를 배려하는 데 바탕을 두고 있었다. 내겐 엄청난 문화적 충격이었다. 내가 일하며 배웠던 단순한 화장터와는 전혀 다른 문화였고, 산업이었다.

한국에 돌아오자마자 나는 반려동물 장례업체 열한 곳에 무턱대고 자필 편지를 보냈다. 다른 직업군과 달리 해당 정보가 전혀 없는 반려동물 장례지도사로 인생의 좌표를 수정한 상황에서 내가 할 수 있는 건 그것밖에 없었다.

아래는 내가 실제로 반려동물 장례업체에 보낸 편지의 일부다.

현재 우리나라는 늘어나는 1인 가구로 인해 애완동물이 아닌 가족으로서의 반려동물이라는 인식이 확산하고 있습니다. 그러나 지금 우리나라의 반려동물 장례식장은 약 스무 군데가 되지 않고, 그중에 실질적으로 운영하고 있는 업체는 10여 곳밖에 되지 않는다는 사실을 알 수 있었습니다.

(중략)

대표님. 저는 정말 반려동물 장례지도사가 되고 싶습니

다. 비록, 현재 채용계획이 없으시더라도, 청소라도 시켜 주시길 하는 간절한 마음으로 이렇게 허락받지 못한 입사지원서를 보내게 되었습니다. 혹여, 대표님께서 제가 궁금하셔서 면접 또는 면담 기회가 주어진다면 상시 언제든 연락주시면 곧바로 달려가도록 하겠습니다.

지금 생각하면 정말 대책 없이 열정 하나로 부딪혔던 것 같다. 근무 여건과 근로 조건은 내게 최우선 고려사항이 아니었다. 그저 반려동물 장례지도사로 일하고 싶다는 일념 하나로 닥치는 대로 편지를 보냈다. 그렇게 반려동물 장례업체 세 곳에서 연락이 왔고 그중 한 곳에 입사했다. 그렇게 나는 반려동물 장례지도사로서 첫발을 내디뎠다.

당시 집은 인천이었고 장례식장은 충남 예산에 있었다. 매일 이른 새벽에 일어나 왕복 230km를 운전해 출퇴근했다. 꽤 오랫동안 그런 생활을 반복했다. 몸은 고됐지만 반려동물 장례의 모든 절차를 배워나가며 반려동물 장례지도사로서의 의전 업무를 수행하는 일이 보람차고 뿌듯했다.

몸이 열 개라도 모자란 일상이었지만 주어진 일만

하고 있을 수는 없었다. 나는 불편하거나 불합리한 기존의 장례 절차를 보다 합리적으로 수정하고 싶었다. 아무래도 반려동물 장례라는 것이 먼 과거로부터 전해져 오는 절차를 따르는 것이 아니라 사람의 장례 절차를 모방한 구성이다 보니, 실제 반려동물의 장례에 적용하기에는 괴리가 있었다. 다행히 동료 지도사들과 함께 고민하고 연구하며 작은 부분부터 조금씩 고쳐나가거나 새로운 절차와 방식을 만들기 시작했다.

그때 비로소 나의 반려동물 장례지도사 인생이 시작되었다. 동시에 우리나라 반려동물 장례문화의 선진화가 시작될 거라는 원대한 꿈도 꾸게 되었다. 마음 한켠에서는 그저 허황된 꿈으로 그칠지도 모른다는 불안감도 생겼다. 그럼에도 그 꿈은 내게 큰 동기로 작용했다. 생계를 위한 직무가 아니라 새 문화를 선도한다는 열정과 자부심이 나를 앞으로 나아가게 했다. 그리고 나는 지금도 동료 지도사들과 함께 열심히 연구하고 도전하는 중이다.

정신없이 달려왔다. 돌아보면 10년이라는 시간을 견뎌온 내가 있고, 비상식이 팽배했던 반려동물 장례문화가 서서히 변화되어 정착되는 과정이 있었다. 부족하지만 그래도 아주 조금은 내가 거기에 일조했다고 믿는다. 그만큼 자부심을 갖고 다시 내가 갈 길을 오늘도 달린다.

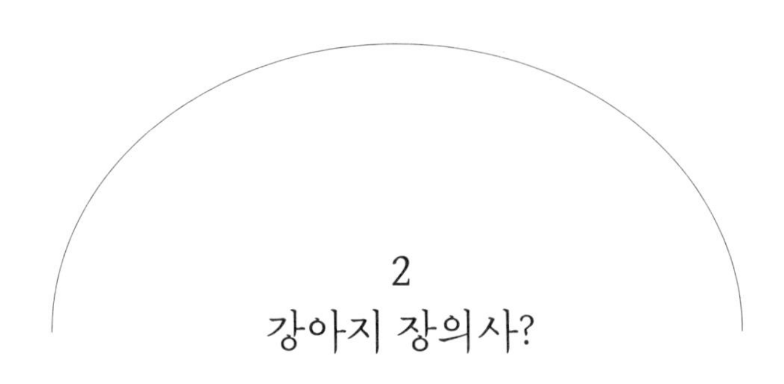

2
강아지 장의사?

그 시절 반려동물 장례지도사는 생소한 직업이었다. 대부분의 사람이 '애완견 화장하는 사람'이라고 알고 있을 정도였다. 반려동물과 애완동물의 차이를 인지하긴커녕, 장례와 화장의 차이도 잘 몰랐고 애완동물을 당연히 개로만 한정하는 인식이 만연했다.

초기에 반려동물 장례지도사로 일하면서 난 어둠의 세계에서 금기시되는 일을 대신 처리해 주는 사람이 되기라도 한 듯한 기분이 들었다. 누군가에게 찝찝함을 주는 직업이라면 그걸 직업이라고 말할 수 있을까. 어디서부터 뭘 어떻게 바로잡아야 할지 엄두가 나지 않았다. 우린 그런 시절을 지나왔다. 불과 몇 년 전만 해도, 아니 솔직히 지금도 그런 인식이 많이 남아 있다는 걸 인정한다.

내가 반려동물 장례지도사로 일을 시작하며 그 일에 대해 설명했을 때 가족들이 보인 반응을 아직도 선명히 기억한다. 이미 결혼까지 한 가장이 서른을 넘긴 나이에 여태까지 해 놓은 것들을 내팽개치고 처음부터 다시 시작한다는 고백도 받아들이기 쉽지 않았을 거다. 게다가 한다는 일이 이름도 생소한 반려동물 장례지도사라니, 그야말로 듣도 보도 못한 일을 하겠다고 선언한 것과 다름없었다.

처음에 어머니와 아내에게 속내를 내비쳤더니 예상처럼 어머니는 매우 큰 우려를 보이셨다. 오랫동안 외아들로서 홀어머니를 모시며 넉넉지 못한 가정을 이끌어온 아들의 고생을 익히 알고 있던 어머니였다. 아들의 고생을 더는 보고 싶지 않으셨을 것이다. 그런 내게 어머니는 조심스럽게 반대의 의향을 비치셨다. 그때 어머니는 '강아지 장의사'라고 말씀하시며 그래도 아들이 하겠다고 하는 직업을 나름 신경 써서 표현하셨다. 나의 설득에도 불구하고 어머니의 반대는 점점 완강해졌고 시간이 흐를수록 평행선이 된 우리의 생각은 도통 만날 기미가 보이지 않았다.

해피엔딩으로 끝났다면 좋았겠지만 어머니의 반대는 아직 진행 중이다. 얼마 전 그때를 회상하며 여쭙자 지금도 그때와 같이 반대라며 당신의 생각을 굽히지 않으셨다. 물론 지금은 그 반대 이유가 그때와는 다르다. 10년 동안 제대로 쉬는 날 없이 일에 파묻혀 고생하는 아들을 옆에서 지켜보셨기 때문이다.

나의 일과는 일반 직장인의 생활과는 조금 다르다. 365일 24시간 대기해야 하는 생활이라고 봐도 좋다. 잠을 자다가도, 씻다가도, 식사하다가도 상담 전화가 오면 무조건 받아야 한다. 죽음엔 휴일이 없기 때문이다. 이는 업무용 휴대폰을 항상 지니고 있어야 한다는 뜻이고, 당연히 휴대폰을 지참할 수 없는 대중목욕탕이나 영화관 같은 곳은 가기가 어렵다. 물론 이러한 생활은 나처럼 전체 장례를 총괄하는 직무일 경우에 해당한다. 하지만 매일 각기 다른 죽음을 겪고 일상으로 돌아가야 하는 생활을 반복한다는 것은 정서적으로 과부하가 걸리는 일이다.

그런 면에서 아내에게 정말 고맙다. 난 아내의 지지를 등에 업고 10년을 달려왔다. 어머니의 염려와 아내의 응원을 차곡차곡 모아 내가 정말 하고 싶었던 일들을 끊임없이 시도하고, 좌절하고, 결실을 맺고 보니 이렇게 세월이 지나 있었다. 그리고 어느새 내 직업은 자연스럽게 애완견을 화장하는 사람에서 반려동물에게 예우를 갖춰 마지막 인사를 돕는 일로 받아들여지고 있다.

그리고 내가 가장 사랑하는 아이에게도 모자람 없는 가족이 되고 싶다. 이제 여덟 살이 된 나의 반려견 싼쵸는 얼마 전 심장병 진단을 받았다. 사실 아직도 우리 가족은 어린 싼쵸에게 닥친 현실을 인정하지 못하고 있다. 매일 아침 혹시라도 내가 집에 없는 사이에 싼쵸에게 무슨 일이 일어나면 어쩌지, 라는 생각을 안고 출근하면서 매일 이별하는 것처럼 아침 인사를 한다.

그렇게 출근하는 곳이 반려동물 장례식장이다. 참 아이러니하다. 싼쵸와 헤어지고 출근한 곳이 반려동물이 마지막 배웅을 받는 곳이니 말이다. 요즘엔 출근 후

하루를 시작하기 전에 마음을 다잡기가 쉽지 않다. 하지만 그럴 때면 '당장 싼쵸가 떠나면 어떡하지?'라는 부정적인 생각 대신 '싼쵸는 아직 떠나면 안 돼!'라며 마음을 굳게 먹는다. 그렇게 하지 않으면 매일 마주하게 되는 보호자에게도 진심을 다해 위로와 믿음을 줄 수 없기 때문이다. 나 역시 반려동물의 보호자이기에 그들이 지금 듣고 싶은 말과 듣기 싫은 말이 어떤 것들인지 안다.

이처럼 싼쵸를 생각하는 마음은 내가 최선을 다해 일할 수 있는 원동력이 되기도 한다. 보호자로서 아픈 아이를 챙겨야 하는 현실이 녹록지 않지만, 그럼에도 앞으로의 삶을 살아가기 위해 끊임없이 걱정과 안도를 반복하고 있다. 그 끝이 언제가 될지는 아무도 모른다. 아무리 잘해줘도 후회는 남을 것이다. 다만 마지막에 남을 후회를 줄여보자는 마음으로 하루하루 싼쵸에게 최선을 다하고 있다.

내가 장례지도사이기 때문에 괴로운 점도 바로 그것이다. 반려동물과의 이별이 어떻고, 그 이후의 삶이 어떠한지 누구보다 잘 알고 있기에 내게 주어진 현실이 더욱 고통스럽다. 그럴수록 싼쵸에게 더 많은 시간을 내어주는 것만으로 후회와 상처를 절감할 수 있다면 기꺼이 그렇게 하리라는 마음으로 지금은 일하는 시간 외에는 싼쵸와 보물 같은 하루하루를 보내고 있다. 싼쵸가 알아줬으면 좋겠다. 아빠의 직업이 누군가에게 위로와 안도가 되어 줄 수 있는 일이라는 사실을 말이다.

아직 반려동물 장례지도사는 사람들에게 무척 생소한 직업 중 하나다. 내 직업이 무엇인지 묻는 사람에게는 알기 쉽게 설명을 덧붙이는 일이 이젠 익숙할 정도다. 간혹 왜 그런 일을 하느냐고 면박을 주듯 묻는 이도 있다. 흔히 장의사라 불려왔던 전문 장례지도사에 대한 인식이 좋지 않다 보니 내 직업 역시 단순히 '동물 장의사'로 받아들여지기 일쑤다.

가족이나 지인들을 납득시키는 과정은 더욱 만만치 않다. 분명 우리 사회에 필요한 직업이라고 해도 당장 내 가족이 그 일을 평생 하겠다고 하면 생각보다 많은 사람이 의문을 품는다. 그들의 잘못은 아니다. 아직 동물 장례문화에 대한 인식이 사회적으로 정착되어 있지 않기 때문이다.

이제 그러한 인식의 뿌리를 세상에 깊게 박아 놓아

야 하는 것 또한 나의 책무이다. 그래서 오늘도 나는 반려동물 장례지도사라는 직업이 가진 무게를 감수하면서 또, 한 번의 새로운 이별을 준비한다.

3
반려동물 장례문화, 어디까지 왔을까

우리나라 반려동물 장례문화는 관련 산업의 성장과 대중의 인식 변화로 인해 새로운 국면을 맞이하고 있다. 반려동물 양육 가구 수의 급격한 증가로 인해 블루오션이라 여겨졌던 반려동물 관련 산업은 이제 레드오션이라 해도 될 만큼 짧은 시간 내에 엄청난 성장을 이뤄냈다.

그중 반려동물 장례산업 역시 지난 10년간 꾸준히 증가해, 이제는 보호자의 환경과 취향에 맞춰 선택할 수 있을 정도로 전국에 많은 수의 장례식장이 개업하는 추세다. 2022년 현재 우리나라의 반려동물 장례식장은 수도권을 포함한 전국에 약 60개소가 운영 중이다. 앞으로도 점점 더 늘어날 것으로 전망하고 있다.

우리나라의 네 가구 중 한 가구가 반려동물과 함께 생활하는 반려동물 가구이며, 1인 가구의 증가와 출생률 저하로 인해 당분간 지속해서 증가할 것이다. 이미 2021년 기준 대한민국의 반려동물 인구는 1,500만 명 시대로 진입했다. 이에 따라 반려동물과 관련된 산업과 문화의 발전은 더더욱 큰 변화를 맞이할 가능성이 높다.

최근에는 '펫코노미'라는 신조어도 탄생했다. 펫코노미는 'Pet+Economy'의 합성어로 반려동물과 경제를 합친 용어다. 반려동물 관련 시장 경제와 산업을 뜻한다. 2000년대 초 '펫 사료' 산업이 개척되어 성장하던 시기를 떠올려 보면 쉽게 이해할 수 있다. 당시에 펫 사료 산업은 미래지향적인 사업으로 각광 받았다. 그만큼 반려동물을 집에 들이는 가구 수의 증가 추세가 뚜렷해지는 시기였다.

처음에 사람들은 내 아이가 '먹는 것'에 관심을 가졌

다. 이후 '노는 것', '자는 것', '아프지 않는 것'처럼 하루하루 반려동물과 지내면서 필요한 것이 무엇인지 깨달았고 해당 산업은 그야말로 폭발적으로 성장했다.

그리고 개와 고양이의 평균 수명인 15년을 기점으로 사람들은 내 아이를 어떻게 하면 잘 보낼 수 있을지에 대해 관심을 갖기 시작했다. 그러면서 반려동물도 가족이며, 그 삶과 죽음마저 감당해야 한다는 정서가 자리잡기 시작했다. 그만큼 반려동물의 장례 역시 자연스럽고 필요한 과정이라는 인식이 널리 퍼지게 되었다.

더불어 팬데믹 시대로 들어서면서 우리는 그동안 예상하지 못한 현실과 직면했다. 죽음은 막연히 멀리 있다고 생각한 사람들에게 극적인 경각심을 불러일으키는 계기가 된 것이다. 하루아침에 가족을 잃은 이들의 이야기를 직간접적으로 접하면서 사람들은 지금 당장 곁에서 사랑받는 반려동물을 생각하지 않을 수 없게 된 것이다. 결과적으로 우리 사회는 생명의 중요성과 죽음을 대하는 태도에 대해 좀 더 깊은 고민을 하게 되었다.

반려동물 장례업의 명과 암

어떻게 잘 죽을 것인가를 고민하는 '웰 다잉Well-Dying' 개념이 반려동물에게도 확장되며 반려동물 장묘업이 성장하고, 동시에 사회 전반에도 뚜렷한 영향을 미치고 있다. 이러한 현상이 '명'이라면 '암'도 있다.

실제 우리나라 반려동물 가구를 대상으로 실시된 조사 자료를 살펴보면 2021년을 기준으로 반려동물을 키우는 사람 500명을 대상으로 조사한 결과, 반려동물 장례식장을 이용한 경험이 있다고 답한 비율은 약 10%였고, 향후 이용 의향이 있다고 답한 비율도 24%에 그쳤다. 반려동물 장례식장을 이용하지 않겠다고 답한 사람들은 매립 등의 사후 처리가 불법인 줄 모르거나 경제적으로 어려워서, 혹은 인근에 합법적인 장례 시설이 없어서 등의 이유를 댔다. (출처: 모바일 리서치 오픈서베이 '반려동물 트렌드 리포트 2021') 반려동물의 사후 조치에 대한 세간의 인식 수준이 어느 정도인지 알 수 있다. 한편으로는 반려동물 장례식장에 대한 정보 부족도 한몫하고 있다고 볼 수 있다.

우리나라의 반려동물 장례문화는 앞으로도 계속 성장할 것이다. 다만 폭발적인 성장 속도에 비해 아직 사회적 인식과 올바른 정보 습득 창구가 부족하다. 반려동물 가구를 대상으로 한 정보 공유와 홍보가 보다 적극적으로 진행되어야 한다. 또한 아직 반려동물 장례식장 대부분이 수도권에 몰려 있는 실정이다. 장례식장을 전국적으로 고루 추가 개소하여 그에 따른 전문인력을 꾸준히 양성하는 일도 시급하다. 현재는 취업 후 바로 실무에 투입되어야 할 정도로 한 명의 반려동물 장례지도사가 벅찬 일정을 감당하고 있는 게 현실이다. 그래서 진심을 담아 떠나는 반려동물에 최대한의 예우를 갖추고 싶어도 격무에 시달리게 되는 악순환이 반복될 수밖에 없다.

게다가 더 큰 문제는 반려동물 장례지도사의 학습 및 연구 자료나 전문 교과목에 대한 과정이 부족하거나 빈약하다는 사실이다. 실제로 취업 후 현장을 경험하면 이론으로 배운 것과 실전 사이에 매우 큰 차이가 있다는 사실을 입사 첫날 바로 깨달을 정도다. 반려동물 장례식장과 반려동물 장례지도사의 관계를 제대로 관통하여 그 내용을 섭렵한 반려동물장례학 커리큘럼과 교재가 부족하다 보니, 선임 지도사나 선배 지도사를 보고 어깨너머로 배울 수밖에 없는 게 현실이다.

반려동물 장례지도사가 되길 원하는 지망생 대부분이 여러 민간 교육기관의 '반려동물 장례지도사' 자격증을 취득한다. 그러나 해당 교육 프로그램과 실제 현장은 매우 큰 차이가 있기 때문에 자격증 취득을 통한 취업은 쉽지 않은 게 현실이라 이를 잘 알지 못하는 지망생들을 보면 무척 안타까운 마음이 든다. 취업 후 일정 기간 교육 훈련을 할 수 있는 구조가 조속히 마련되어 앞으로 반려동물 장례문화를 이끌어 갈 주역으로 성장할 수 있는 밑바탕을 어떻게 그릴 것인지 지금부터 고민해야 한다.

린이, 민이 언니가 전해준 이야기

반려동물은 가족입니다. 자식 같은 아이가 아니라 제가 입양한 자식이고, 가족인 것이죠. 마냥 아기 같던 린이는 늙고 병이 들어 쇠약해졌고 매일매일이 마음 아픈 순간의 연속이었습니다. 대신 린이가 투병하는 동안만큼은 아이와 온전히 함께 지낼 수 있었습니다. 덕분에 행복한 기억이 아직 더 많이 남았다고 생각합니다.

린이를 통해 전 반려동물에게 받을 수 있는 아주 귀하고 순수한 사랑을 배웠고 또 그만큼 행복한 사람이 되었습니다. 린이가 떠난 후 오랫동안, 아니 어쩌면 평생 린이만큼 제가 사랑할 수 있는 아이는 없을 거라고 굳게 믿었습니다. 제게 린이는 첫사랑이자 마지막 사랑이었으니까요. 그러나 얼마 전 린이에게 받은 큰 사랑을 저 혼자 가질 수 없다는 걸 깨달았습니다. 제가 받은 사랑을 다시 내어줌으로써 린이의 진심을 헤아릴 수 있다는 걸 알았거든요.

저는 지금 린이에게 받은 사랑을 동생 민이와 나누며 지내고 있습니다. 린이와 민이, 서로 만난 적 없는 아이들을 통해 저는 사랑의 고귀함과 진정한 행복이 무엇인지 알게 되었고, 더욱 행복한 사람이 되었습니다. 지금은 민이에게 배운 사랑을 더 많은 아이와 나누고 있습니다.

린이가 제 품에 안겨 마지막 호흡을 내뱉었던 때가 생생합니다. 믿을 수 없었고, 믿기도 싫었습니다. 당장 내일부터 린이가 없는 삶을 살아야 하는데 도저히 견딜 자신이 없었습니다. 세상과 작별한 린이를 품에 안고 장례식장으로 출발하려다 몇 번을 주저앉았습니다. 무너져 내리는 마음을 챙길 수 없었습니다.

그래도 아픔만 가득할 줄 알았던 이별은 제 마음을 따뜻하게 데워주었습니다. 린이와의 이별이 꼭 고통스럽기만 한 것은 아니었거든요. 장례지도사님께서 린이와의 마지막 시간을 충분히 기다려 주시고, 누구보다 세심하게 배려해 주신 덕분에 린이와의 이별을 아름답게 받아들일 수 있었습니다.

저는 린이와 건강하게 이별할 수 있었고, 이로 인해 반려동물과의 마지막 시간이 얼마나 중요하고 소중한지 깨달았습니다. 그 덕분에 지금의 가족, 민이를 만날 수 있게 되었고요.

제가 처음으로 반려동물 장례를 마주한 건 몇 년 전이었습니다. 반려동물과의 마지막을 준비하는 데 유익한 강연이 있다는 이야기를 듣고 신청하긴 했지만 24시간 제 손길이 필요했던 린이와 동행하기에는 부적절한 곳이 아닐까 고민이 되었습니다. 강연 장소가 반려동물 장례식장이었기 때문입니다. 장례식장이 어떤 곳인지 린이는 알지 못하겠지만 특유의 분위기로 인해 혹시나 그곳에 깃든 슬픔을 본능적으로 인지하지 않을까 하는 생각에 마음이 불편했습니다. 그때만 해도 반려동물이 장례식장에 갈 일은 숨을 거둬야 생긴다고 알고 있었으니까요. 이게 맞는 걸까 하는 마음에 장례식장으로 향하는 길에 몇 번이고 차를 돌리려 했습니다. 깊은 고심 끝에 도착한 곳에서 강성일 장례지도사님의 강연을 듣게 되었습니다. 다행히 몸이 불편한 린이는 낯선 분위기가 싫지 않은 것 같았고, 강연 내용 역시 제게 큰 도움이 되었습니다. 그리고 시간이 흘러 린이는 세상을 떠났습니다. 린이는 자신의 장례가 치러질 장례식장을 먼저 다녀왔던 것입니다. 제 삶에 큰 위로와 힘이 되어 주었던 린이의 장례 절차는 고통 가득한 이별이 아닌 건강한 이별이 되었으면 했습니다. 강성일 장례지도사님은 제 바람이 가능하도록 도와주셨습니다. 그리고 전 다시는 다른 동물을 마음속에 들이지 않겠다고 다짐했고요.

그러나 시간이 흐르고 열다섯 살 유기견 한 마리가 제 눈에 들어왔습니다. 이제 삶의 마지막을 준비해야 하는 아이는 위태롭게 하루하루를 견디고 있었습니다. 민이였습니다. 전 다시는 반려동물을 키우지 않겠다는 다짐을 깨고 말았습니다. 린이가 나누어준 사랑을 이 아이에게 돌려주고 싶었습니다. 다행히 민이는 건강을 회복하고 저와 행복한 날을 보내고 있습니다. 린이는 가슴에 묻었지만 민이와 새로운 인연을 시작할 수 있었던 것은 린이의 마지막을 후회 없이 지켜주었기에 가능했다고 생각합니다.

Part 2.
이별, 그 피할 수 없는 마지막

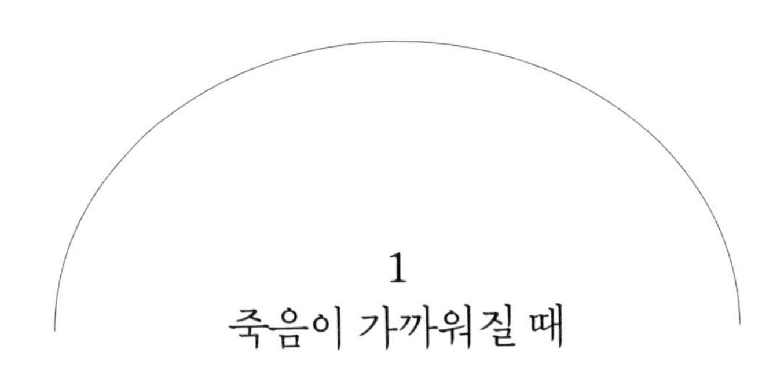

1
죽음이 가까워질 때

반려동물 장례지도사는 죽음과 가장 가까운 거리에 있는 사람이다. 하루에도 수십 통씩 장례 예약 상담을 위한 연락을 받는다. 그 많은 상담이 하나하나 부고인 셈이다. 정신적으로 매우 힘들지만 직업이기에 견뎌야 한다.

이미 세상을 등진 반려동물을 위해 장례식장으로 연락해야 하는 그 마음은 어떨까. 할 수 있는 모든 것을 해주고 싶지만 정작 무엇이 필요하고 무엇이 필요하지 않은지 판단조차 하기 힘든 상황일 것이다. 그런 보호자들의 목소리에는 슬픔이 쌓이기 시작한다.

아무렇지 않은 이별은 없다. 적어도 내가 목격한 이별 중에서는 없었다. 다만 보호자와 반려동물이 주어진 시간을 어떻게 보냈느냐에 따라 비교적 담담한 이별이 가능할 뿐이다.

인간의 수명은 현대 의학의 발달과 함께 계속 연장되고 있다. 반려동물의 평균 수명 역시 느는 추세다. 다만, 언젠가는 보호자보다 먼저 세상을 등지게 될지 모를 생명을 위해 대비하는 일쯤은 사랑하는 존재를 위해 충분히 해볼 만하다고 생각한다.

고통스러운 병치레를 마친 반려동물의 죽음을 예견하는 일만큼 보호자에게 잔인한 것은 없다. 분명 눈앞에 살아서 숨 쉬고 있는 아이의 앞날을 위해 아직 일어나지도 않은 일을 준비하는 건 생각보다 훨씬 고통스럽다. 사경을 헤매는 반려동물 앞에서 아무것도 하지 못하는 자신을 인지했을 때 느끼는 무력감은 생각보다 크다. 그래도 일말의 희망을 붙잡고 보호자는 여러 병원을 돌고, 수차례 검사를 하는 데 주저하지 않는다. 그 이유는 단순하다. 사랑하는 존재가 눈앞에서 죽어가고 있기 때문이다.

그러나 실낱같은 희망이라도 붙잡을 수 없는 죽음 이후, 아무것도 하지 못하는 보호자에게 장례지도사는 무슨 말을 하는 게 좋을까. 이는 지속해서 나를 괴롭혔던 질문이기도 하다. 난 이미 숨을 거둔 아이를 수습하는 법이나 장례 절차를 안내하는 목소리는 되도록 건조하게, 그 뉘앙스에는 조심스러움을 담는다.

고통에 빠진 보호자에게 내가 할 수 있는 건 장례 절차를 준비하고 안내하는 데 최선을 다하는 것뿐이다. 평소 반려동물 장례식장의 위치와 장례 과정을 확인하고 있다면 갑작스러운 이별을 맞는다 해도 조금은 냉정하게 꼭 필요한 결정을 할 수 있을 것이다. 하지만 그렇지 못한 경우가 많은 것이 사실이다.

대부분의 보호자가 반려동물의 죽음 직후 연락한다. 장례 예약이 가능한지 묻기 위해서다. 그럴 때마다 나는 서두르지 않아도 된다고 안내한다. 좀 더 아이와 함께 시간을 보내는 것이 장례 직후에 몰려들 슬픔을 조금이라도 줄여주기 때문이다.

보호자 입장에서 이제는 준비해야겠다는 예감이 들 때가 온다. 혼자서는 감당하지 못할 일이 곧 벌어진다는 걸 모두가 알고 있다. 그땐 가장 가까운 사람들에게 손을 내밀어도 된다. 장례지도사에게 손을 내미는 걸 미안해하지 않아도 되고, 두려워할 필요도 없다. 그것이 장례지도사의 일이다. 세상 누구보다 많은 보호자의 이야기를 들어준 사람이기 때문이다.

장례식. 생각하기도 싫고 상상해 보지도 못한 단어가 머릿속에서 지워지지 않는 순간은 기어코 온다. 소망과 현실 사이에서 괴리감이 느껴질 때가 있다. 그러면서도 한편으론 내 아이가 약간의 서운함이라도 느낄까 봐 장례에 필요한 것을 전부 준비해야겠다는 생각에 정신이 번쩍 드는 때이기도 하다.

반려동물이 죽음을 맞이한 직후의 상황을 머릿속으로라도 예행해 본 보호자가 몇 명이나 있을까? 그 순간을 상상하는 것 자체가 눈앞에서 혼신의 힘을 다해 숨쉬고 있는 아이에게 못된 짓을 하는 것 같아 불편한 마음이 들기 마련이다. 죽음은 금기된 상상이고, 장례를 대비하는 것만으로 아이의 수명을 깎아 먹는 짓이라고 느낄 테니까.

그래서 그런지 미리 준비하지 않고 정신없이 장례식

을 치르느라 생전 아이가 좋아했던 간식 대신 급한 대로 아무 간식이나 준비한다거나, 사진 고를 시간이 충분하지 않아 아무 사진이나 준비해 장례를 치른 뒤 후회하는 보호자들이 많다. 정말 별거 아니라고 생각할 수도 있지만, 정말 많은 보호자가 아이의 유골함을 건네받는 순간 그 별거 아닌 것들이 계속 생각나 자책하곤 한다.

충분히 슬퍼해도 모자란데 못 해준 것이 생각나 미안해하는 보호자를 지켜보는 것만큼 안타까운 건 없다. 그래서 장례지도사는 정신 없을 보호자가 챙기지 못하는 이런저런 것들을 대신해 줄 수 있어야 한다. 보호자가 온전히 슬퍼할 수 있게 돕는 조력자인 셈이다.

장례지도사가 자신의 책무를 다하면 그것으로 할 일은 끝이 난다. 이 또한 하나의 직업이기 때문이다. 다만 하루에도 몇 번씩 감정이 상승하고 하락하는 일이라는 게 조금 특별할 뿐이다.

그래서일까? 장례지도사는 장례를 마친 보호자의 모습을 기억하는 일이 꽤 많다. 장례 직후보다 일상으로 돌아갈 보호자의 앞날이 걱정되기도, 한편으론 평안하기를 바라는 마음에서일지도 모른다.

누구도 바라지 않았던 상황에서 누군가에게 의지해야 할 때 장례지도사가 그 몫을 조금 가져갈 수 있다면, 온몸이 파열되는 듯한 슬픔 속에서 보호자를 건져낼 수 있지 않을까.

그래서 나는 장례지도사만큼은 자신의 역할을 넘어 스스로 고민해 보고 보호자와 반려동물에게 조금이라도 도움이 될 수 있는 방법을 찾아야 한다고 생각한다. 한평생이 걸릴지도 모른다. 그럼에도 누군가 그러한 고민을 해야 한다면, 내가 기꺼이 해볼 만하다고 생각한다. 반려동물 장례지도사로서의 사명인 셈이다.

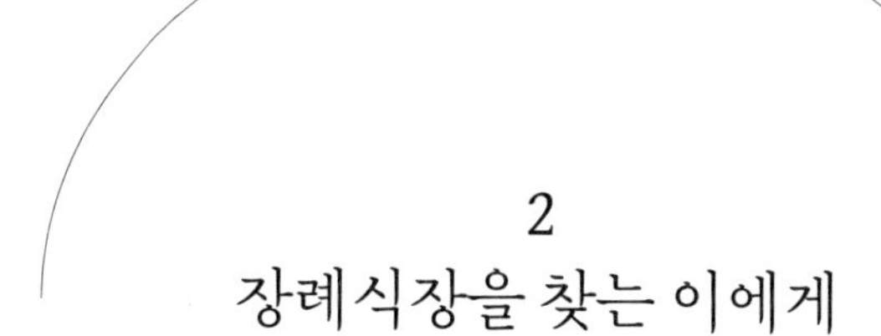

2
장례식장을 찾는 이에게

마지막을 맞이한 반려동물을 위해 제휴를 맺은 장례식장을 연결해 주는 병원들이 늘고 있다. 직접 예약까지 도와주는 경우도 있고, 여러 장례식장에 비치된 책자를 건네는 정도로만 안내하는 경우도 있다.

사람과 마찬가지로, 동물 역시 사망 후 필요한 절차가 있고 이제는 그러한 절차가 어느 정도 당연하게 받아들여지는 것 같다. 그만큼 반려동물과 함께 지내고, 또 떠나보내고, 애도하는 가정도 많아졌다는 의미다.

보호자 역시 미리 준비해 둔 장례 계획이 있지 않은 이상 이러한 도움을 받을 수밖에 없을 것이다. 실제로 반려동물 관련 정보에 둔감한 어르신들이나 어떤 사정으로 반려동물을 떠안은 가족이 반려동물의 죽음을 맞이했을 때 굉장히 혼란스러워한다.

한번은 이런 적이 있었다. 군 복무 중인 아들을 대신해 보살피던 반려동물이 세상을 떠나자 어찌할 바를 몰랐던 부모님이 담금 술통에 사체를 담아 보관했던 것이다. 당장 휴가를 나올 수 없었던 아들을 기다리다 여의치 않자 그제야 장례식장에 술통을 들고 왔다. 처음 봤을 때는 기겁했지만 오죽했으면 그랬을까 싶어 성심껏 염습했던 기억이 난다. 이처럼 반려동물의 장례에 대해 깊이 생각해 본 적 없는 사람들이 생각보다 많다.

한편 내가 근무했던 곳이 가장 많이 알려진 반려동물 장례식장이라는 이유로 지방에서 찾아오는 사례도 많았다. 수도권에 비해서는 적지만 지방에도 반려동물 장례식장은 있다. 그럼에도 사후경직이 시작되어 몸이 굳은 아이를 몇 시간 동안 차에 태워 운구해 온 보호자들의 생각은 단 하나였다. 그냥 제일 크고 유명한 곳에서 장례를 치러주고 싶다는 것이었다. 반려동물의 장례를 제대로 치러줘야 한다는 생각을 하고 있어도 경험과 정보가 부족하다 보니 평판 외에는 신뢰할 수 없다는 뜻이다. 애석한 일이다. 그러나 다행히 우리나라의 반려동물 장례식장 수는 꾸준히 증가하고 있다. 현재 지방 곳곳에 올바른 반려동물 장례문화를 선도할 만한 반려동물 장례식장이 생기고 있으며 현대화된 시설과 함께 운영 방식 역시 보호자 중심으로 개선되고 있다.

장례식장을 고르는 기준은 보호자마다 다르다. 가장 가까운 지역의 장례식장을 선호하는 보호자가 있는 반면, 조금 멀더라도 주변 환경이 좋거나 평판이 괜찮은 곳을 선호하는 보호자도 있다. 또한 비용이나 후기를 찾아보고 장례식장을 결정하는 보호자도 있다. 어떤 장례식장을 결정하든 그것은 보호자의 선택이고 권리다. 본능적으로 자기 반려동물이 평안히 잠들 수 있는 조건에 부합한 곳을 찾을 게 분명하다. 보호자는 누구보다 그 아이를 잘 아는 사람이기 때문이다.

그래서 장례지도사는 예약 상담을 할 때 보호자를

고객으로만 보고 유치해야겠다는 생각을 먼저 하면 안 된다. 보호자의 결정을 기다리고, 존중해야 한다. 장례 절차에 대해서는 장례지도사가 더 잘 알지만, 숨을 거둔 이 아이에 대해서는 보호자보다 잘 알 수 없기 때문이다.

좋은 장례식장을 찾으려면

반려동물 장례식장에는 동물의 사체를 수습할 때 필요한 공간, 장례용품을 제공하고 사체를 위생적으로 처리할 수 있는 시설, 각 장례의 정보를 제공해 주는 시스템이 갖춰져 있어야 한다.

현재 국내에서 운영 중인 반려동물 장례식장은 대부분 사설 형태로 운영되고 있다. 동물보호법상 지방자치단체의 장은 공설동물장묘시설을 설치할 수 있다. 그러나 2021년 전북 임실군 오수면 금암리에 설치된 공설동물장묘시설이 국내 최초일 정도로 매우 늦은 실정이다. 그래도 다행히 최근에는 제주도를 시작으로 각 지자체에서 공설동물장묘시설을 마련하기 위해 노력 중이다. 특히 행정적인 절차뿐만 아니라 반려동물 장례가 보다 많은 지역민들에게 공급될 수 있도록 현실적인 측면까지 고려해 준비하고 있다.

동물보호관리시스템 홈페이지에서는 현재 등록된 장묘업체를 확인할 수 있다. 장례식장을 고를 때는 정부 동물보호관리시스템에 정식으로 등록되어 있는 업체인지 꼭 확인해야 한다. 동물보호법에 명시되어 있는 '동물장묘업'은 등록이 반드시 필요한 업종이다. 등록되어 있지 않은 동물 장례식장, 혹은 화장장은 모두 불법이라고 보면 된다.

2022년 현재 전국에는 약 60개의 장묘업체가 정식으로 등록되어 운영되고 있다. 우리나라의 면적을 고려했을 때는 부족한 개수가 아니지만 대부분 경기도 지역에 집중되어 있다 보니 지역 편차가 큰 편이다.

그래서 먼 장례식장 방문이 여의찮은 보호자들이 간혹 이동식 차량을 개조한 화장시설을 이용하는 경우가 있다. 비교적 비용이 저렴하고 시간을 단축할 수 있어서겠지만 현재 우리나라에서 운영되고 있는 이동식 차량의 화장시설은 대개 불법이다. 2022년 4월 28일, 산업통상자원부 산업융합 규제 샌드 박스 심의 위원회가 일부 지정된 지역에서만 이동식 반려동물 장례, 화장 서비스에 대한 실증특례를 승인했다. 고정되어 있지 않은 공간에서의 화장은 유골이 손실될 우려가 매우 크다. 또한 화장 시 발생하는 물질로 환경오염 또한 불가피하다. 가장 큰 문제는 직접적인 손해가 발생했을 시 보호자가 법적인 보호를 받을 방법이 없다는 것이다.

반려동물 장례식장의 등록 절차가 까다로운 이유도 여기에 있다. 동물의 사체를 화장해야 하는 반려동물 장례식장의 특성상 등록만으로 영업할 수 없을뿐더러, 제도·환경 기준에 부합하는 정부의 심사를 통과하지 못하면 시설을 운영할 수 없다. 반려동물 장례식장에서는 화장 후 유골을 수습한 뒤 분골하는 과정에서 유실되거나 오염되는 유골을 최대한 줄이고, 혹여나 다른 유골과 섞이는 것을 방지하기 위해 각각 독립된 시설에서 화장을 진행해야 한다. 또한 전문 장례지도사가 직접 유골의 봉안 과정과 인계까지 전 과정을 진행해야 한다. 소중한 반려동물이 남긴 모든 유골을 온전히 보호자에게 안겨주는 일이 담당 장례지도사의 의무이기 때문이다.

한 생명의 마지막 길을 배웅해 주는 일은 진중하면서 엄숙해야 한다. 한없이 무거워진 마음을 애써 추스리고 있을 보호자 역시 정신없이 일을 치르는 것보다 급하지 않게 신중히, 시간을 좀 더 갖고 고민하는 것이 좋다.

사랑하는 반려동물의 마지막을 지키는 동안 곁을 가장 잘 챙겨줄 수 있는 장례지도사와 장례식장이 어떤 곳일지 염두에 두고 고민해 보는 것이 좋겠다. 그리고 그것이 지금 시대의 반려동물 보호자가 잊지 말아야 할 상식이 되길 바란다.

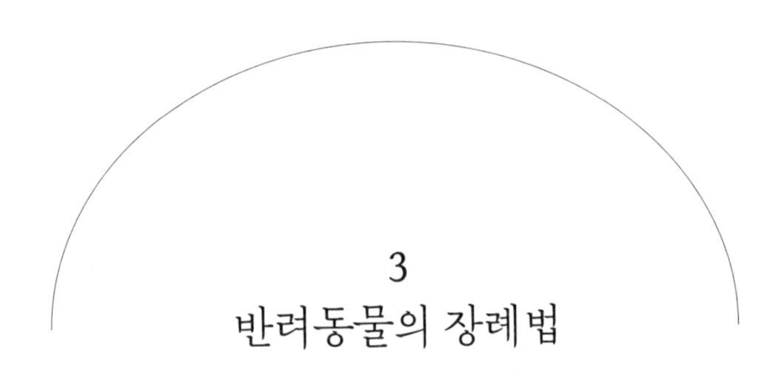

3
반려동물의 장례법

장례는 죽음에 의미를 부여하는 행위다. 반려동물의 사체를 처리하는 의례 절차를 주관하고 그 가족을 응대하는 장례지도사는 반려동물의 존엄성이 지켜질 수 있도록 예우를 다해야 한다.

반려동물 장례식장은 장묘시설의 범주에 속하는데 이제는 사회의 필수 시설로 여겨진다. 현행 동물보호법 시행규칙에 따른 동물장묘업은 동물 전용 장례식장, 화장 또는 건조장 시설, 봉안시설을 말한다. 장묘시설은 단순한 사체를 처리하는 공간이 아니라 보호자의 편익과 올바른 장례문화를 정착시키는 데 이바지하는 곳이다. 반려동물의 장례는 보호자의 입장에서 생소한 게 당연하다. 따라서 장례지도사는 상담 시부터 장례의 절차와 방법을 최대한 자세하고 이해하기 쉽게 설명해야 한다.

화장을 진행하기 전 보호자에게 인계받은 반려동물의 사체는 사망 확인, 기초 수습, 염습 및 수의 입복, 입관의 절차를 거친다. 이때 수의, 관 등 장례 구성 용품을 준비하고 추모실과 편의 시설 이용과 의전 절차에 대해 이해하기 쉽게 설명하여 경황없는 보호자가 최대한 진정하고 장례에 집중할 수 있도록 도와야 한다.

화장은 사체 또는 유골을 불에 태워 장사 지내거나, 불을 이용하여 사체의 유기물을 무기물로 만드는 일이다. 800℃ 이상 고온의 화장 시설에서 진행하며, 반려동물의 체격 및 체중에 따라 다르지만 평균적으로 한 시간 이상이 소요된다. 이 과정에서 유실되거나 오염되는 유골을 최대한 줄이고, 혹여나 다른 유골과 섞이는 것을 방지하기 위해 각각 독립된 시설에서 화장을 해야 한다. 또한 전문 반려동물 장례지도사가 직접 전 과정을 진행해야 한다.

화장이 끝나고 남은 유골은 보호자의 확인을 거쳐 전부 수습하는데 이 절차가 수골이다. 그런 다음 수습한 유골을 쇠 절구를 이용해 아주 곱게 빻는 분골 절차를 거친다. 마지막으로 준비된 유골함에 분골한 유골분을 봉안하고 담당 장례지도사가 직접 보호자에게 인계한다.

화장한 유골을 안치하기 위한 장묘시설은 일정한 공간 형태의 봉안당, 분묘 형태로 만들어진 봉안묘, 탑의 형태로 된 봉안탑, 벽과 담의 형태로 된 봉안담 등이 있다. 국내의 반려동물 장묘시설은 대부분 봉안당을 건축해 사용하는 편이다. 2005년 5월 법률상의 용어가 '납골'에서 '봉안'으로 변경되었지만 아직 납골당이나 납골탑 등의 명칭이 사람들에게는 익숙한 편이다.

현재까지 봉안시설 중 봉안당만 갖춘 반려동물 장례식장이 대부분이다. 봉안당은 하나의 건축물 내에 있는 개별 안치 위치의 단을 각각 선택해 많은 보호자가 공동으로 이용하는 시설이다. 유골함이 안치될 자리가 정해지면 보호자가 직접 안치할지, 또는 담당 장례지도사가 대리 안치할지 여부를 확인한 뒤 그에 따라 안치한다. 이후로는 장례식장의 운영시간에 따라 방문할 수 있으며 장례식장 역시 보호자가 봉안당에서 온전히 추모할 수 있는 환경을 조성하고 유지해야 한다. 간혹 생화나 간식 등을 두고 가는 보호자가 있는데 미생물이 생길 수 있어 자제를 부탁하는 편이지만, 보호자의 마음을 알기에 강제하지는 않으며 만약 두고 갈 경우 사흘 안에 회수 및 폐기한다고 안내한다.

봉안당 하나하나는 반려동물만을 위한 공간으로 꾸며진다. 생전의 사진은 물론 평소에 좋아했던 장난감을 두기도 한다. 연말이 되면 크리스마스 분위기로 꾸며주는 보호자도 있다. 그곳에서라도 친구들과 마음껏 뛰어놀라며 인조 잔디를 깔아주거나 동물 피규어를 넣어주기도 한다. 똑같은 봉안당이 단 하나도 없다는 걸 보면 보호자가 먼저 떠난 반려동물을 어떻게 생각하는지 알 수 있는 부분이다.

장례식장마다 사용료, 관리비, 위치와 단별에 따른 금액 및 사용 기간도 상이하며 기간이 만료되면 연장 신청이 가능하다.

다양한 기억법

자연장은 화장한 유골의 골분을 수목, 화초, 잔디 등의 밑이나 주변에 매장하는 것을 말한다. 자연 장지에 골분을 묻을 때는 생분해되는 친환경적인 유골함에 봉안하여 묻거나 유골분과 흙을 섞어 묻어야 한다. 아직 반려동물 장례에서는 동물장묘업에 등록되어 있지 않지만 보호자들의 선호도가 높아짐에 따라 빠른 시일 내 추가될 것으로 보인다.

이 밖에 일부 보호자들은 수목장의 형태로 화분 밑에 유골을 묻어주는 화분장을 선택하기도 한다. 화분장을 한 식물이 성장하는 것을 보며 반려동물을 기억하고 정성을 들여 보존함으로써 마음을 치유하는 것이다. 다만 화분장을 할 때는 식물 뿌리에 유골이 직접 닫지 않도록 주의해야 한다. 습한 흙 속에서 뿌리파리와 같은 벌레가 생길 수 있기 때문에 되도록 통기성이 좋은 곳에 화분을 두어야 한다.

화장이 완료된 유골은 약 20%의 인과 80%의 칼슘, 미세 원소 등으로 구성된 인산칼슘이 된다. 그러나 화분에 사용되는 비료의 중요 3요소가 질소, 인산, 칼슘이라는 사실을 고려하면 주의해야 할 점이 있다. 이미 영양소가 충분한 화분에 화분장을 할 경우 식물은 영양 과잉 상태가 될 가능성이 높다. 이러한 영양 과잉 상태가 지속된다면 식물의 잎은 말라가고 곧 시들게 될 것이다. 성장하는 식물을 보면서 반려동물을 애도하며 추모하고 싶은 마음에 화분장을 선택했지만 이렇게 허망하게 식물이 죽게 된다면 보호자가 느낄 상심은 이루 말할 수 없을 정도로 클 것이다. 그 외에도 화분장은 신경 써야 할 사항이 많다. 어떤 식물을 키울지, 분갈이를 언제 해야 하는지, 화분의 크기는 적절한지처럼 반려동물의 유골이 유실되거나 부패하지 않도록 주의를 기울여야 한다.

장례지도사가 많이 듣는 말 중의 하나는 바로 "아이가 좋아했던 물건 등을 같이 화장해 주시나요?"라는 질문이다. 유품의 소각은 현행법상 함께 진행할 수 없다. 함께 화장 시 환경오염 물질이 배출될 수 있고 화장로의 집진 시설에 문제를 발생시킬 수 있기 때문이다. 그러나 생전에 아이가 좋아했던 간식 정도는 장례지도사의 재량에 따라 소량만 진행하기도 한다. 생전에 맘껏

누리지 못한 장난감과 간식을 쥐어 보내고 싶은 보호자의 마음을 알기에, 가능한 범위 내에서 정확한 안내와 함께 진행하는 것도 장례지도사의 능력이다.

반려동물의 유골을 추모 보석으로 가공해 간직하는 보호자도 증가하는 추세다. 화장 절차 후 유골을 유골함에 봉안하지 않거나 봉안된 유골의 일부를 반영구적으로 보존하기 위해 도입된 방법이다. 현재 국내에서는 반려석, 메모리얼 스톤, 루세떼 등으로 가공이 가능하며 기술과 방식에 차이가 있을 뿐 제작 목적은 동일하다. 수습된 유골을 1,000~2,000℃에서 고열 및 고압, 융용, 냉각 과정을 거치기 때문에 유골 상태에서의 부패나 변형 없이 사리 형태로 제작된다.

메모리얼 스톤과 루세떼는 유골을 고온에서 녹이는 용융 과정을 거쳐 보석 형태로 재가공하는 기술이다. 예전에는 유골에 고압과 고열을 가해서 녹인 후 반려석 형태로 만들었으나, 이렇게 하면 약 30~40% 정도 유골 손실이 발생한다. 적지 않은 양이기에 최근에는 저온 용융 방식으로 유골을 녹인 후에 냉각하는 방식으로 제작하여 유골의 손실을 최대한 방지한다.

아무래도 보석으로 가공하여 제작했기 때문에 유골함 안에 가루 형태로 보관하는 것보다는 습도와 온도의 영향을 덜 받고 영구적으로 보존이 가능하다. 특히 작은 구슬 형태로 제작되는 루세떼의 경우 유골의 양에 따라 그 개체수가 달라지는데, 보호자의 의중에 따라 일부는 액세서리로 제작해 착용하기도 하고, 유골함처럼 전용 보존함을 만들어 보존한다. 또는 반려동물과의 추억이 있는 장소에 가져가면 마치 아이가 곁에 있는 것 같다고 말하는 보호자도 있다.

이처럼 반려동물을 떠나보낸 보호자들은 각자의 방법으로 함께 못 다한 시간을 보내기 위해 노력한다. 그들의 다하지 못한 사랑이 후회로 남기보다 아쉬움 없이 소진되길 바란다.

도착부터 유골함까지

장례 예약 시각에 맞춰 장례식장으로 도착한 사망한 반려동물 그리고 보호자와 그 가족을 맞이하는 것부터가 장례 절차의 시작이다. 장례지도사는 이제 막 세상을 떠난 반려동물에게 최대한 예우를 갖추고 망연자실한 보호자 가족이 마음을 가라앉히고 앞으로 치러질 장례 절차를 참관할 수 있도록 분위기를 유도해야 한다. 보호자 가족이 장례식장에서 처음으로 만나는 사람이 담당 지도사인 걸 고려하면 이 과정은 매우 중요하다. 담당 지도사가 급하고 어설퍼 보인다면 보호자가 아이를 맡기는 걸 불안해할 수밖에 없다. 따라서 장례지도사는 최대한 안정적인 분위기를 조성하여 장례를 시작할 의무가 있다.

반려동물 장례지도사는 먼저 조심히 반려동물을 안아 받고 보호자 가족을 장례식장 안으로 안내한다. 이때 보호자가 맞닥뜨릴 '낯섦'을 최대한 상쇄하기 위해서는 장례식장 환경이 매우 중요하다. 보호자 가족이 비로소 장례가 시작되었다는 것을 직감할 수 있도록 깔끔하게 정돈된 단순한 공간을 통해 시각적 안정감을, 편안한 느낌의 음악을 틀어 청각적 안정감을, 조금이나마 긴장을 풀 수 있는 향기로 후각적 안정감을 제공한다. 그럼으로써 보호자는 장례식장으로 오면서 가졌을 걱정을 덜어낼 수 있다. 이러한 환경 조성은 각 장례식장마다 고유한 성격을 드러내기도 한다.

그다음 담당 지도사는 반려동물의 사망을 확인해야 한다. 이미 숨을 거둔 상태일 테지만, 그럼에도 만약을 위해 호흡과 맥박을 마지막으로 확인하는 것으로 공식적인 사망을 확정한다. 그러고 나서 바로 염습 절차를 진행하는데, 이때 염습에 대해 하나부터 열까지 보호자 가족에게 상세히 설명해 줄 의무가 있다. 대부분의 보호자는 장례 절차를 잘 모른다. 장례를 치러본 보호자라 할지라도 염습 절차가 어떻게 진행되는지 샅샅이 알긴 어렵다. 자기 반려동물을 누군가의 손에 맡겨야 한다는 데에 불안감이나 무서움을 느낄 수도 있다. 그래서 보호자가 충분히 이해할 수 있도록 염습 절차에 대해 상세히 설명해야 한다.

한편 담당 지도사는 염습 절차에 대한 설명과 안내를 통해 보호자 가족과 교감함으로써 보호자 가족의 현재 심리 상태와 반려동물을 생각하는 마음을 어느 정도 파악할 수 있다. 담당 지도사는 설명을 경청하는 보호자의 상태를 잘 살펴야 한다. 그러는 동안 보호자는 담당 지도사를 신뢰하게 되고, 그럼으로써 지도사는 앞으로의 장례 절차를 주관하게 된다는 것에 대해 보호자에게 암묵적 동의와 인정을 받을 수 있다. 물론 이 과정은 상황과 환경에 따라 조심스럽고 신중하게 진행되어야 한다.

염습은 반려동물의 사망 전부터 사망 확인까지 발생할 수 있는 상황에 맞춰 진행한다. 먼저, 이동 중 발생할 수 있는 혈흔 등의 분비물을 깨끗이 수습한다. 간혹 사고를 당했거나 2차 훼손이 있는 반려동물의 경우 상처를 봉합하거나 출혈을 수습해야 하는 일도 있다. 물론 이처럼 특수한 상황일 경우 반드시 보호자에게 사전에 충분히 설명한 뒤 진행한다. 이러한 기초 수습이 완료되면 보호자 가족의 요청에 따라 수의를 입히는 입복 절차를 거친다. 이후 준비된 관에 안치하는 입관을 한다.

그사이 추모실이 준비된다. 추모실은 보호자 가족이 선택한 장례 절차에 맞추어 최대한 독립적이며 사적인 공간으로 조성한다. 보호자가 준비한 반려동물 사진이나 물품을 정확한 곳에 비치해야 하며, 보호자가 종교가 있어 특정 종교식 장례를 원할 경우 해당 종교에 맞는 종교용품을 사전에 준비해 주기도 한다. 모든 준비가 완료되면 염습이 끝난 반려동물을 염습실에서 추모실로 이동시켜 추모실 내 재단에 조심스럽게 안치한다.

반려동물의 안치까지 완료되면 보호자 가족을 추모실로 안내한다. 엄숙한 추모실에 잠든 것처럼 누운 반려동물을 마주한 보호자의 심정은 이루 말할 수가 없을 것이다. 담당 지도사는 혹시 모를 변수에 대비해 추모실에 보호자와 함께 입장하지만, 안내만 하고 보호자가 충분한 애도 시간을 보낼 수 있도록 자리를 피해준다. 단, 혹시 모를 위급한 상황에 대비하거나 보호자의 요청 시 즉각 도움을 줄 수 있도록 추모실 밖에 상시 대기한다. 이때 추모 절차에 방해가 될 만한 추모실 외의 소음이나 예기치 못한 상황이 발생하지 않게 주의를 기울이는 것도 지도사의 몫이다.

가령, 추모실 준비를 마치고 퇴장하는 시점에 대기하고 있는 다른 보호자와 마주쳐서 가족끼리의 추모 시간을 방해받지 않게 해야 한다. 또한 장례지도사가 어떠한 이유에서든 웃는 얼굴을 보인다면 보호자는 해당 장례식장과 장례지도사에게 자신의 반려동물을 맡기는 걸 탐탁지 않아 할 수도 있다. 그런 점에서 장례지도사는 반려동물과 보호자에 대해 아주 사소한 부분까지 신경 쓰고 모든 절차를 꿰고 있어야 하는 사람이다.

추모 절차가 마무리되면 화장 절차를 진행해야 한다. 담당 지도사는 화장 절차의 의전을 위해 추모실로 다시 입장한다. 추모가 끝나자마자 화장을 해야 하는 만큼 이때 보호자가 느끼는 슬픔은 매우 크다. 그런 이유로 나는 추모실에 입장할 땐 늘 긴장한다. 보호자가 화장을 진행해도 좋다는 의사를 밝혔지만 막상 반려동물을 화장 시설로 이동을 준비할 때 주저할 수도 있기 때문에 보호자 가족에게 충분히 설명하고 정확한 의사를 한 번 더 물어보곤 한다.

화장 전 보호자 가족이 반려동물의 육신과 인사할 수 있는 마지막 시간인 만큼 보호자 가족이 충분히 슬픔을 표현하고 마지막 인사를 할 수 있도록 시간이 지체되는 상황까지 늘 염두에 둔다. 때에 따라서는 큰 슬픔으로 인해 보호자가 혼절하는 상황이 발생할 수 있기 때문에 보호자가 신체적, 정신적으로 타격을 입지 않는 선에서 반려동물과 마지막 인사를 할 수 있도록 중재한다.

화장 절차가 종료되면 보호자 가족의 유골 확인과 유골 수습 절차를 동시에 진행한다. 유골만 남은 반려동물을 마주하는 보호자는 간혹 큰 충격을 받기도 한다. 그래서 보호자의 심리 상태를 가늠한 뒤 유골을 공개한다. 이때의 상황이 큰 트라우마로 남을 수 있기 때문이다.

반려동물의 장례 절차를 준비할 때 가장 중요하게 생각해야 할 부분은 보호자의 마음을 살피는 일이라는 사실을 이 일을 하면서 매 순간 깨닫는다. 반려동물 장례지도사는 죽음을 맞이한 보호자를 위로해 줄 뿐만 아니라, 보호자가 장례식장 내에서 반려동물의 장례 절차를 경험하며 느낄 수 있는 감정을 그들의 관점에서 바라보고 생각할 줄 알아야 한다.

유골로 남은 반려동물에게도 예우를 다해야 한다. 유골을 담는 수골 절차와 분쇄하는 분골 절차에서 유골이 유실되지 않도록 각별히 주의를 기울인다. 수습이 완료된 후에는 안전하고 정확하게 유골함을 봉안해야 하며, 이 과정에서 격식을 차려 보호자를 존중해야 한다. 유골함을 인도할 때도 주변 상황을 미리 살핀 상태에서 조심히 전달한다.

어떤 말로도 완벽한 위로는 되지 않겠지만 이럴 때 나는 보호자가 느낄 슬픔이 조금이나마 줄어들기를 바라며 진심 어린 위로의 말을 고민하고 또 고민한다.

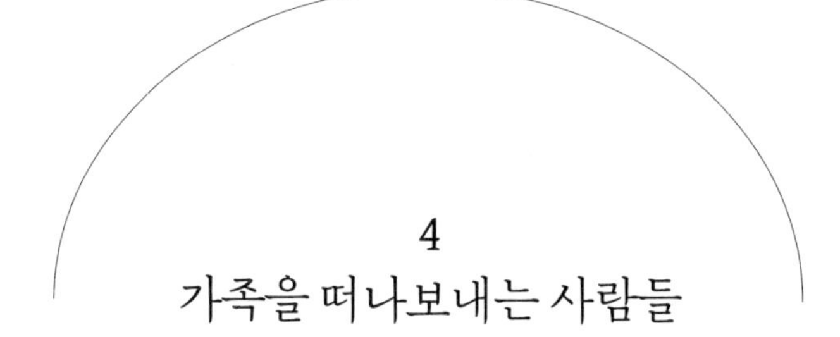

4
가족을 떠나보내는 사람들

미미를 위한 노래

2017년 여름이었다. 그날도 평범한 날이었다. 내가 직접 장례 예약을 받은 반려견 미미는 장례 절차 시 유의해야 할 특이사항을 따로 기재할 필요가 없을 정도로 평범한 아이였다. 담당 지도사로서 장례식장에 도착한 미미를 건네받고 염습 절차를 진행했다. 15년의 삶을 마친 시츄, 미미는 긴 투병 생활에 지친 몸을 내게 맡겼다. 오랫동안 아픔을 견디다 무지개다리를 건넌 다른 아이들과 마찬가지로, 미미의 몸은 많이 야위었고 가벼웠다.

염습을 마치고 추모실에 미미를 조심히 안치했다. 보호자에게도 안내 사항을 설명했다. 보호자가 아이에게 가까이 다가갔고, 난 가족만의 시간을 보낼 수 있도록 추모 공간에서 막 퇴실하려던 차였다.

"미미가 세상에서 제일 예쁘고~ 미미가 세상에서 제일 착하지~"

그 순간 적막을 깨고 은은하게 속삭이는 듯한 노랫소리가 들렸다. 미미를 위해 보호자가 노래를 불러주기 시작한 것이다. 평소에 자주 불러주었던 노래 같았다. 원래 담당 지도사는 추모실 재단에 아이를 조심히 안치하고 보호자 가족에게 추모 절차를 안내한 뒤 바깥으로 나와 대기해야 한다. 그러나 노랫소리를 듣는 순간 나는 얼떨떨한 마음으로 나도 모르게 양손을 가지런히 모은 채 그 자리에 섰다.

보호자의 음성으로 전해지는 투박한 노래였지만 당시 그 공간에서 들은 노래는 지금까지 귓가에 맴돌 정도로 그 어떤 이별 노래보다 가슴 아팠다. 나는 장례지도사로서 지켜야 할 규칙을 잠시 내려놓았다. 보호자의 노랫소리에 따라 스쳐오는 감정을 제어하지 못했다. 이내 나의 눈가에도 눈물이 차올랐고, 콧속이 맹맹해졌다. 미미의 보호자는 이제 곧 홀로 먼 길을 떠날 미미에게 가닿길 바라며 노랫말에 진심을 꾹꾹 눌러 담은 것이다. 당시 추모 절차의 진행 시간은 비교적 짧은 편이었지만, 반려동물을 위해 직접 노래를 불러준 보호자의 마음이 추모실의 시공간을 장악해 버린 것처럼 느껴져서 시간이 어떻게 흘렀는지 가늠이 되지 않았다. 지금도 가끔 그 노랫말과 선율이 문득 기억나는 것 보면 나 역시도 미미와 보호자 가족을 절대 잊지 못할 것 같다는 생각이 든다.

내가 직접 장례를 도운 반려동물과 보호자 가족을 모두 기억하고 싶지만 현실적으로 그러기가 쉽지 않다. 그럼에도 난 최대한 그들이 서로를 기억하고 사랑을 전할 때만큼은 보호자와 같은 마음으로 함께 배웅하며 도움을 주려고 노력한다. 미미를 위해 만들어진, 세상에서 유일한 노래를 직접 경청했던 담당 지도사로서의 그 순간처럼.

어떤 기다림

장례식장에는 내 마음을 건드리는 반려동물들이 잠들어 있다. 숨은 거두었지만 장례를 치르지 못한 채 냉장 시설에 임시 안치된 아이들이다. 일정 기간 몸이 부패하지 않도록 저온 상태에서 보관 중이다.

보통 임시 안치는 아이가 사망 후 장례 일정이 잡히지 않거나 며칠 내로 장례가 여의치 않을 경우에 한다. 보존 시설이 완비된 병원에서 맡아주기도 하지만 그 수는 적다. 이마저도 냉장 시설이 아닌 냉동 시설에 보존하는 곳이 대부분이다. 냉동 시설에 임시 안치하게 되면 장례를 진행할 때쯤에는 체내 수분 대부분이 냉동 상태가 되기 때문에 생전의 외형을 잃게 된다.

나 역시 이러한 문의를 종종 받는다. 그런 경우 부득이하게 사흘 안에 장례를 치르지 못하는 상황이라면 냉동 안치보다는 냉장 안치를 권하는 편이다. 문제는 그러한 시설을 갖춘 반려동물 장례식장이 많지 않다는 점이다.

임시 안치 가능 여부를 묻는 연락을 받을 때 가장 먼저 확인하고 안내하는 사항이 있다. 기초 수습과 보존

환경 조성만 잘해준다면 반려동물의 몸은 최장 72시간까지 부패가 진행되지 않는다. 만약 이보다 더 늦게 장례를 치러야 한다면 닷새까지는 냉장 안치가 가능하다고 안내하고 있다.

그렇다면 '부득이한 경우'는 무엇일까. 대부분 가족 중 누군가가 외국에서 생활하고 있거나, 당장 장례식에 참석할 수 없는 사정이 있는 경우다. 예전에는 한 가족 전체보다는 핵심 보호자 한두 명만 장례식에 참석하는 편이었다. 하지만 최근 몇 년간의 변화를 보면, 반려동물의 장례식에 가족 구성원 전체뿐만 아니라 지인들까지 참석하기도 한다. 이러한 양상으로 인해 이제는 해외 거주 중인 가족이 장례식에 참석하기 위해 현지 일을 급히 정리하고 귀국하기까지 다른 가족들이 기다리는 경우도 있다.

일전에 미국에 유학 중이던 보호자에게 국제전화로 임시 안치가 가능하냐는 문의를 받은 적이 있다. 다음날 보호자의 부모님이 숨이 멎은 반려동물을 데리고 장례식장을 방문했고, 나는 아이를 건네받고 먼저 염습을 한 뒤 보호자가 준비한 수의를 입혀 냉장 시설 안에 안치했다.

그리고 나흘 후 모든 가족 네 명이 장례식장을 다시 방문했다. 방문 시각에 맞춰 냉장 시설에서 아이를 꺼내 혹시 모를 흐트러짐이나 특이사항은 없는지 확인한 뒤 보호자에게 데려갔다. 다행히 보호자는 곤히 잠든 아이의 모습을 보고 안도했다. 그러고는 그제야 마음껏 슬퍼했다. 홀로 나흘을 차디찬 곳에서 기다린 보람이 있었던 걸까. 가족 모두가 자신을 위해 한자리에 모여 울어줄 수 있게 되었다.

이 사례처럼 상황이 딱 들어맞는 경우는 매우 운이 좋거나 보호자가 일상을 포기하고 노력했을 때다. 유학하는 학교의 방학 기간이 아니면 학기 중에는 한국에 들어올 수도 없고, 직장이나 사업을 다 내팽개칠 수도 없는 노릇이기 때문이다. 심지어 코로나19가 유행하는 바람에 입국 후 자가격리 기간을 준수해야 하거나, 가족 중 확진자나 밀접접촉자가 발생할 경우라면 더더욱 골치 아픈 상황에 직면할 수밖에 없다.

이제는 반려동물 장례식장에서도 임시 안치 방식을 도입하는 데 고민하고 노력하고 있다. 그러한 방식이 어떻든 한 생명의 명복을 한 사람이라도 더 빌어줄 수 있다면 마땅히 그러는 편이 낫다고 생각한다. 기술이 발전함에 따라 어떤 가족은 영상 통화로 타국에 있는 다른 가족에게 장례식 과정을 생중계하기도 한다. 과거에는 극히 드물었지만 지금은 이러한 문의가 느는 추세다. 한 마리의 동물이 생을 마감한 것으로 이해하기보다 사랑하는 가족이 세상을 떠났다고 받아들이는 이들이 많아진 것이다. 변화한 시대에 걸맞은 태도로 반려동물의 마지막을 준비해야 한다.

개와 고양이만 반려동물이 아닙니다

반려동물 문화가 급속히 성장하면서 반려동물의 종류도 다양해졌다. 그러다 보니 예상치 못한 조금 특별한 반려동물을 반려동물 장례식장에서 만나기도 한다. 반려동물 장례식장에서는 일반적인 반려견과 반려묘의 장례뿐 아니라 특수 반려동물의 장례도 진행한다. 특수 반려동물의 장례 절차는 반려견, 반려묘와 차이가 없다.

나 역시 반려동물 장례지도사로 일하며 다양한 동물

의 장례를 진행했다. 그중에서도 특히 반려계로 부를 수 있는 청계의 장례를 치렀던 것이 기억에 남는다. 청계는 푸른색 알을 낳는 닭이라 해서 청계라 불린다. 토종닭이 아니다 보니 크기가 큰 편이었다.

처음엔 접해보지 못했던 동물이라 조금 당황했고 염습을 어떻게 진행해야 할지 고민했지만, 이내 이 아이도 다른 반려동물과 마찬가지라는 마음으로 눈과 부리 주위의 분비물 자국을 깨끗이 닦고 벼슬과 깃털을 잘 정돈해 주었던 기억이 있다. 이후 모든 장례 절차를 일반적인 반려동물의 장례 절차와 똑같이 진행했으며, 보호자 역시 장례가 끝난 뒤 유골함을 인계받을 때까지 묵묵히 슬퍼하며 아이의 명복을 빌었다.

이렇게 특수 반려동물의 장례를 진행할 때면 반려동물의 삶을 책임졌던 보호자의 슬픔은 종을 가리지 않는다는 걸 다시 한번 느낀다. 우리가 흔히 만나는 반려견이나 반려묘가 아니라고 해서 보호자의 사랑까지 특수하거나 작지 않았다. 그렇기에 나 역시 어떤 동물이 내게 맡겨진다 해도 늘 해왔던 대로 최선을 다해 반려동물의 마지막을 배웅하려 한다.

현재 국내에서 운영 중인 장례식장의 화장장에서는 약 70kg 이하의 반려동물까지 장례를 치를 수 있다. 족제빗과인 패럿이나, 토끼, 라쿤, 미니피그, 앵무새, 물고기, 햄스터, 고슴도치, 파충류 등 이 조건에 부합하는 동물이라면 모두 장례를 치를 수 있다. 다만 안타깝게도 동물원에서 사육하는 70kg 이상의 대형 동물의 경우 대부분 자체 화장 시설이나 의료폐기물로 처리되고 있는 것으로 알고 있다.

현재 반려견, 반려묘를 제외한 특수 반려동물의 장례 비율은 전체의 약 15% 정도지만 시간이 흐를수록 비율이 가파르게 상승하고 있다. 특수 반려동물 장례 시 장례식장의 정식 등록 여부를 반드시 확인해야 한다. 특수 반려동물은 골격이 작은 아이들이 많아서 유골의 양이 적은 편이다. 화장 과정에서 유골이 조금만 소실되어도 그 양은 현저히 적어질 수밖에 없다. 그래서 화력과 압력 조절이 가능한 반려동물 전용 화장 시설이 갖추어진 곳이어야 한다.

동물보호법의 적용을 받는 동물은 신경계통이 발달한 척추동물 중 일부 품종으로 정해져 있다. 하지만 반려동물과 함께하는 인구수가 1,500만 명을 넘어선 현재의 인식 변화에 따라 특수 반려동물을 포함한 법률 개정이 필요해 보인다.

"보호자님께 코코는 어떤 반려견이었나요?"

이 질문에 몇 초 동안 답을 하지 못했습니다.

'어떤 반려견이었지, 우리 코코는?'

코코와의 14년이 주마등처럼 스쳤습니다.

"한결같은 아이였습니다."

대답과 동시에 뜨거운 눈물이 쏟아졌습니다. 저는 목구멍부터 차오르는 눈물을 주체할 수 없어 두 시간 내내 울었습니다. 하지만 그건 슬픔의 눈물이 아니었습니다. 기적에서 비롯된 경이로움과 감사한 마음 그 자체였습니다.

코코는 우리 가족이 미국 생활을 시작한 지 2년째 되던 해에 운명처럼 가족이 되었습니다. 어느 날, 초인종 소리에 현관문을 열었더니 지인이 서 있었습니다. 그의 품에는 잔뜩 겁에 질린 눈을 하고 바들바들 떨고 있는 강아지 한 마리가 안겨 있었습니다. 태어난 지 7개월 된 강아지의 이름은 코코라고 했습니다. 얼마 전 원래 보호자가 캔넬에 넣어 지인에게 맡기고는 나타나지 않았다고 했습니다.

지인은 강아지 털 알레르기가 있어서 맡을 수 없다며 가까운 우리 집에 데리고 왔노라 설명했습니다. 그동안 코코는 제 품에 안긴 아기처럼 새근새근 잠이 들었습니다. 한 시간 넘게 곤히 잠든 코코의 숨소리가 제 가슴에 그대로 전달되었습니다.

'평생 가족이라 여겼던 사람들에게 버림을 받은 코코의 마음은 어땠을까?'

가슴 아픈 사연을 가진 코코는 그날 그렇게 우리 집으로 성큼 들어왔습니다. 가족 모두 타지 생활에 적응하느라 힘들었지만 코코를 험한 세상으로 내보낼 수는 없었습니다. 그렇게 전 난생처음 반려견의 보호자가 되었습니다. 코코는 하루하루 우리 집에 적응했고, 낯선 땅에서 생존하기 위해 버티던 저와 닮아 갔습니다. 코코는 저였고 저는 곧 코코였습니다.

그러던 어느 날 코코의 걸음걸이가 이상해 보였습니다. 걷다가 자꾸 넘어지고 잘 움직이지 못했습니다. 병원을 극도로 싫어하던 코코는 그날따라 아무 저항 없이 병원 진료를 받았습니다. 늘 병원 앞에서 실랑이를 벌였는데, 이젠 그마저도 힘에 부친 코코의 모습에 많이 슬펐습니다.

코코는 뇌수막염 진단을 받았습니다. 코코의 병세는 하루가 다르게 악화되었습니다. 똑바로 앉지 못하고 자꾸 옆으로 쓰러졌으며 숨 쉬는 것조차 고통스러워 보이는 코코에게 해줄 수 있는 건 그리 많지 않았습니다. 이대로 끔찍한 고통을 견디게 하는 것이 잘하는 일일까 싶어 안락사를 결정했다가 이내 취소하기도 했습니다. 기력을 다한 코코는 제 눈을 쳐다보며 살고자 하는 의지를 말하고 있었거든요.

코코와 함께 처방한 약과 영양제를 챙겨 집으로 돌아왔습니다. 코코는 이제 걷지 못하게 됐지만, 여전히 제 자식이자 우리 가족이라는 사실은 변함없었습니다.

얼마 후 기적이 일어났습니다. 한 달을 살기 어려울 거라던 병원 진단과 달리, 코코는 아주 조금씩 회복 기미를 보였습니다. 두 발짝 걷고 쓰러졌던 코코는 다음 날엔 다섯 발짝을 걷고, 또 그다음 날엔 열 발짝을 걸었습니다. 두 달 뒤에는 온전히 걸었고, 석 달 뒤에는 뛰기 시작했습니다. 기적이었습니다. 그렇게 코코는 우리 가족과 2년 반을 더 함께했습니다.

코코와의 마지막 날은 여느 때와 다름없었습니다. 더 이상 갈수록 강력해지는 병세를 견디지 못하던 코코는 나흘간 제 품에 안겨 있다가 무지개다리를 건너고 말았습니다. "코코야, 코코야"만 외치는 제 품에서 코코는 마지막 숨을 내쉬었습니다. 코코의 호흡이 정지된 순간 제 모든 것도 정지되었습니다. 어떤 생각도, 어떤 행동도 할 수 없었습니다. 그렇게 코코를 보냈습니다.

그날부터 전 반려견과 이별한 사람들의 이야기를 찾기 시작했습니다. 그렇게 함께 울며 위로하고 위로받았습니다. 그러던 어느 날 한국의 반려동물 장례문화에 대해 알 수 있는 영상 한 편을 보게 되었습니다. 장례지도사 한 분이 보호자 가족을 배려하면서 이별에 필요한 시간을 충분히 보낼 수 있도록 준비해 주는 장면이 제 가슴에 그대로 담겼습니다. 그걸 보니 코코를 보낼 때 미처 제대로 된 장례를 치러주지 못한 것 같아 한없이 가슴 아플 정도로 미안했습니다.

전 더 이상 반려견을 가족으로 들일 수 없다고 생각했습니다. 이웃의 반려견을 볼 때마다 코코 생각이 나서 힘들었고, 코코와 함께 걷던 산책길도 일부러 피해 다녔을 정도였습니다. 그렇게 2년이 지났습니다. 그동안 전 일상으로 돌아갔다고 생각했지만 마음속에 자리 잡은 아픔은 꿈쩍도 하지 않았습니다.

어느 날 '클럽하우스'라는 음성기반 SNS 플랫폼에서 우연히 한 유저의 프로필이 눈에 들어왔습니다. 반려동물과의 이별을 이야기하는 사람이라고 했습니다. 저는 지푸라기라도 잡는 심정으로 그분을 팔로우했습니다. 싼쵸아빠 님, 그러니까 강성일 님이었습니다. '우리 아이와의 가장 소중한 시간을 이야기해 주세요'라는 타이틀이 걸려 있었고, 반려동물 가족의 인터뷰로 제 이야기를 털어놓기로 했습니다.

"코코는 어떤 반려견이었나요?"라는 첫 질문에 전 "한결같은 아이였습니다"라고 대답했습니다. 한결같은 아이가 주는 한결같은 사랑의 힘으로 그동안 아플 것 같아서 꺼내지 못했던 우리 코코 이야기를 두 시간여 동안 했습니다. 비로소 저는 그렇게 코코를 웃으며 진심으로 배웅할 수 있었습니다. '만남'만큼 중요한 '이별'은 그래서 이렇게 아름다워야 하는 것인가 봅니다. 나중에 안 사실이지만 코코를 보내고 반려동물 장례 관련 영상을 찾아볼 때 제가 감동받았던 영상의 주인공이 강성일 님이셨더라고요. 아름다운 마음을 나누면 이렇게 인연이 맺어지기도 하나 봅니다.

2021년 5월 어느 날, 우연히 보게 된 사진 한 장이 제 마음을 흔들었습니다. 암컷 강아지 두 마리의 사진이었습니다. 다섯 살 엄마 미미와 두 살 딸 몬순이는 한국의 번식견 불법 농장에서 구조된 강아지들로 입양 가족을 기다리고 있었습니다. 동반 입양처를 우선적으로 찾고 있다고 했습니다. 당연했습니다. 가족은 함께 있어야 한다는 걸 전 누구보다 잘 압니다.

"지금 한국에 있다고? 입양처를 찾게 되면 다음 주에 미국으로 올 수 있다고? 내가 입양할게. 엄마와 딸 둘 다."

이 용기가 어디에서 나왔을까요? 미미와 몬순이는 그렇게 또 기적처럼 우리와 가족이 되었습니다. 현재 모녀 강아지는 우리 가족과 함께 아름다운 나날을 살아가고 있습니다. 삶을 다하고 간 코코의 빈자리에 새로운 생명이 자리 잡고 또 다른 사랑을 시작할 수 있었던 건 어쩌면 코코가 제게 남기고 간 선물인지도 모르겠습니다.

Part 3.

반려동물 장례지도사의 세계

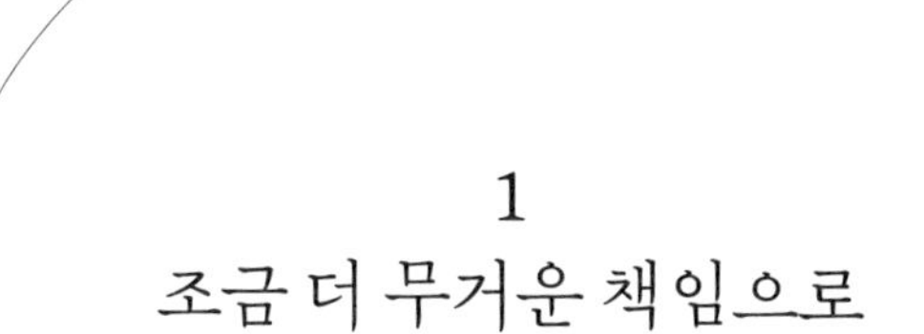

1
조금 더 무거운 책임으로

직업 의식과 자본 사이

2017년이었다. 당시 싼쵸의 병을 판정받고 심란한 마음에 나는 아픈 반려동물을 돌보는 보호자들에게 조언을 얻고 싶었다. 그때 처음으로 아픈 반려동물의 보호자들이 모인 온라인 카페를 알게 되었다. 다양한 게시글을 읽으며 나는 자연스럽게 무지개다리를 건넌 아이들의 사연이나 펫로스증후군으로 고생하는 보호자들의 사연을 접하게 되었다. 그러면서 반려동물 장례지도사로서 그들에게 도움이 되고 싶다는 마음을 갖게 되었다.

그때만 해도 반려동물 장례에 대한 정보가 매우 한정적이었기 때문에 반려동물에 죽음에 대해 대처하는 방법을 아는 사람이 많지 않았다.

한편으로는 올바르지 못하게 운영되던 몇몇 장례식장에 대한 인식 때문에 혹시 내 직업이 홍보의 목적으로 비치거나, 아니면 괜히 신뢰를 잃기만 하는 것은 아닐까 하는 우려도 있었다. 그러나 내 걱정은 기우였다. 내 직업을 솔직히 밝히자 감사하게도 내가 글을 올릴 때마다 많은 보호자가 좋은 댓글을 달아주었다. 내 진심을 알아주는 것 같아 기쁘면서도 고마웠다. 6여 년이 지난 지금도 해당 카페에 올린 글이 많은 보호자에게 작게나마 도움이 되는 것 같다.

그렇게 내 경험을 토대로 정리한 글을 올린 후부터는 내 직업을 드러내고 글을 쓰는 일을 그만두었다. 홍보나 훈수로 비치는 게 싫었기 때문이다. 무엇보다 내가 진심을 담아 쓴 글이 내 생각을 모두 대변해 준다고 생각했기에 그렇게 하는 것이 내 진심을 지키는 방법인 것 같았다. 그러나 순진한 생각이었던 걸까. 언제부터인가 내가 쓴 사후 기초 수습 절차 관련 글을 비롯한 글들이 무단으로 편집되고 왜곡되어 온라인상에서 재생산되고 있었다. 너무 안타깝고 화가 났다. 내가 쓴 글이 함부로 공유되고 있어서가 아니었다. 반려동물을 최우선으로 생각하며 기록하고 정리한 하나하나의 중요한 절차와 내 의도들이 플랫폼의 편의에 따라 무분별하게 요약되거나 잘못된 방법이 덧붙여지면서 오염되었기 때문이다. 이 잘못된 정보를 보고 일 분 일 초가 소중한 반려동물과의 마지막 시간을 보호자들이 혹시 그냥 허비하지는 않을까 걱정되었다.

내가 쓴 사후 기초 수습 방법에 대한 글은 반려동물 장례지도사로서 나의 경험을 그대로 정리한 것이었다. 누구보다 내 도움이 필요하다고 생각한 사람들이 모인 해당 카페에 많은 보호자에게 도움이 되도록 정리한 글을 올렸다. 지금이야 반려동물 사후 기초 수습 방법이 꽤 널리 알려져 있고 인터넷 검색으로도 찾을 수 있지만 당시만 해도 보호자가 직접 반려동물의 사체를 장례 절차 직전까지 관리한다는 사실 자체가 생소했다. 사후 기초 수습 절차는 병원에서의 사망 판정과 장례식장의 장례 예약 사이에서 보호자로 하여금 아이를 가장 편안히 보낼 수 있게 하는 최소한의 관리인 셈이다.

그런데 언젠가부터 이 사후 기초 수습 절차가 상업적으로 이용되기 시작했다. 2017년 당시 난 카페에 글을 올리며 사후 기초 수습 방법을 알아두는 일의 필요성을 강조했었다. 반려동물이 눈을 감은 직후 보호자가 직접 수습할 때 필요한 물품을 구비해 두는 것이 좋다는 내용이었고, 유사시 가정에서 대체할 수 있는 물품도 소개했었다.

하지만 나의 이런 조언이 누군가에게는 돈벌이 기회로 보였던 것 같다. 사후 기초 수습 방법을 알려주는 내 글이 사후 기초 수습 키트 홍보글로 둔갑하고, 현란한 연출력을 더한 스토리가 붙어 자연스럽게 키트 홍보로 연결되는 글이 떠돌아다니기 시작했다. 이것이 마치 반려동물 문화에 이바지하는 공익 캠페인처럼 홍보하는 걸 직접 마주할 때면 가슴이 아픈 것을 넘어 구역질이 나기까지 한다. 고지식한 원론주의자로 보이겠지만, 사후 기초 수습 절차만큼은 상업적 수단으로 쓰이는 걸 경계해야 한다고 아주 오래전부터 생각했기 때문이다. 그렇기에 처음 사후 기초 수습 방법을 구상하고 글을 올렸을 때도 굳이 내가 상업 용품으로 만들 이유는 없다고 생각했던 것도 사실이다.

이걸 만든 사람은 내 조언이 좋은 사업 아이템이라고 생각했을 것이다. 반려동물 장례 사업을 시작하면서 홍보가 필요했을 것이고, 투자금을 받았다면 투자처에 무언가 보여줘야 한다는 압박감을 가졌을 마음이 한편으로는 이해가 가기도 한다.

하지만 아무리 그래도 우리는 무엇보다 보호자의 마음을 우선으로 생각해야 하는 직업을 가진 사람이다. 마지막까지 아이들을 잘 배웅하고 무엇이라도 더 해주고 싶은 보호자를 도와야 한다. 그들의 마음을 위로하는 척 이용하는 일은 용납될 수 없다. 장례 일을 하는 사람들은 결코 장사치가 되어서는 안 된다. 그건 슬픔에 가득 찬 보호자에게 위선을 행하는 짓이기 때문이다. 장례가 장사가 되지 않아야 하고 위로가 위선이 되지 않아야 한다.

이처럼 반려동물의 죽음이 관련 산업과 직결되는 아이러니가 다소 불편하게 느껴질 때도 많다. 누군가의 슬픔의 양이 경제적인 가치로 환산되는 세상이 무섭기까지 하다. 그러나 반려동물 장례문화의 성장을 누구보다 소망하는 사람으로서 이러한 현상까지 거부할 수는 없는 것도 현실이다. 그렇기에 반려동물 장례지도사로서 동물을 대하는 태도가 매우 중요한 법이다. 그저 동물의 장례를 돕는 사람이 아니라 보호자에게 위로의 말 한마디를 진심을 담아 건넬 수 있는 반려동물 장례지도사가 늘어났으면 좋겠다.

어떤 책임

모든 일이 다 그래야겠지만 특히 장례지도사는 보호자의 의사를 정확히 확인하고 적절한 안내를 해야 한다. 만약 보호자의 의사를 묻지 않고 독단적으로 절차를 진행하거나 보호자의 말을 잘못 이해하면 모두에게 돌이킬 수 없는 상황에 직면할 수 있다.

과거에 후배 장례지도사의 실수에서 비롯된 한 사건은 지금도 잊지 못한다. 그날 후배 장례지도사는 유골함 하나를 소중히 안고 들어온 보호자를 맞이했다. 몇 년 전 장례를 치른 반려동물의 유골로 영구 보존이 가능한 루세떼를 제작하기 위해서였다.

장례지도사가 보호자에게 유골함을 전달받으면 골분을 비운 유골함은 재사용하지 않는 것이 원칙이기 때문에 장례식장에서 바로 폐기해야 한다는 안내를 하고, 혹시 돌려받을지 의사를 묻는다. 그러면 보호자의 결정에 따라 폐기를 하거나 그대로 돌려주고 있다.

그러나 사건은 예기치 않은 곳에서 벌어졌다. 후배 장례지도사가 이 질문을 깜빡 잊고 하지 않은 것이다. 유골을 보관한 도자기 유골함은 폐기되었고 보호자는 반려동물의 유골을 소중히 지켜준 고마운 유골함을 마음의 준비도 없이 잃게 되었다.

루세떼를 제작하는 동안 후배 장례지도사는 보호자에게 의사를 묻지 않은 채 당연히 폐기해야 하는 유골함이라고 가볍게 생각했다. 빈 유골함을 기다리던 보호자는 한참을 기다리다가 유골함을 왜 돌려주지 않는지 물었고, 그 순간 어떤 변명도 핑계도 필요하지 않게 되었다.

다른 곳에서 상담 중이던 내게 연락이 왔다. 다른 내용은 귀에 들어오지 않았다. 보호자의 동의 없이 유골함을 폐기했다는 사실만 확인한 후 나는 급히 보호자가 있는 대기실로 향했다. 역시나 보호자는 왜 자신에게 아무런 말도 하지 않았는지, 이제 어떻게 할 건지 돌이킬 수 없는 일에 대한 책임을 묻고 언성을 높여 화를 내고 있었다. 그 자리에서 어떤 말을 하더라도 보호자의 마음을 달랠 수는 없다는 걸 난 누구보다 잘 알고 있었다. 후배 장례지도사의 실수를 넘어 장례식장 전체의 과실이었다. 책임자인 내가 보호자에게 진심으로 사죄를 하는 것이 맞았다. 나는 그 자리에서 보호자의 마음을 모두 이해할 수는 없지만 분명 이번 일은 우리의 잘못이고 30분만 시간을 준다면 어떻게든 방법을 찾아오겠다는 약속을 해 버렸다. 그러나 한 시간이든, 두 시간이든 혹은 하루라고 해도 이미 깨져 버린 유골함을 그대로 복구할 능력이 내겐 없었다.

깨진 자기 조각들을 모두 긁어모아 강력접착제로 하나씩 붙여볼까도 생각했지만 현실적으로 불가능했다. 도자기 제작업체에 연락해 깨진 조각을 다시 녹여서 똑같은 유골함을 제작할까도 알아보았지만 불가능하다는 답변을 들었다.

30분이 30초처럼 흘렀다. 나는 보호자를 다시 찾아갔다. 그러고는 깨진 유골함의 조각들을 최대한 회수

해서 그걸 간직할 수 있는 유골함을 새로 만들어 줘도 괜찮을지 물었다. 길지 않은 시간이었지만 그새 보호자의 마음은 조금 누그러진 듯 보였다. 물론 보호자의 화가 풀리길 바랐던 것은 아니다. 보호자가 유골함을 어떻게 생각하는지 그 마음을 최선을 다해 이해하는 게 먼저였다.

보호자의 승낙을 받고 나는 화장 후 유골을 분골할 때 쓰는 쇠절구를 가져와 유골함 조각을 모두 담아서 직접 빻기 시작했다. 화장 후 뼈의 덩어리 형태로 남은 유골을 곱게 빻는 작업만 했던 절구에 딱딱한 자기 조각들을 있는 힘을 다해 빻았다.

분골은 매일 하는 일이지만, 깨진 자기 조각을 빻는 건 처음 해 보는 일이었다. 자기 파편들이 튀기도 하고 날카로운 자기 조각에 손을 베기도 했다. 온몸이 금세 땀으로 젖었다. 얼마나 지났을까. 차츰 자기 조각들은 유골처럼 가루의 형태를 띠기 시작했다. 기존의 유골함이 아이의 유골이 된 것이다.

마침내 고운 가루가 된 유골함 조각을 새 유골함에 조심히 담아 보호자에게 가져갔다. 보호자의 얼굴에는 여러 감정이 교차했다. 미안함과 멋쩍음 그리고 후회가 얼굴에 드러나 있었다. 나는 이것이 내가 할 수 있는 최선이며 정해진 절차를 간과한 것에 대해서 정중히 사과했다.

잠시 말이 없던 보호자는 본인의 얘기를 시작했다. 사실 가족들에게 말하지 않고 아이의 유골함을 가져온 것이라며, 단순히 아이를 더 잘 기억하고 싶은 마음에 유골을 루세떼로 만들어 보존하면 더 좋겠다 싶어서 혼자 먼 거리를 달려 데려온 것이라고 했다. 하지만 뜻하지 않게 이런 일이 일어났고, 애초에 자신이 독단적으로 결정하지 않았으면 일어나지 않았을 일이라며 자책했다. 보호자는 내 손을 꼭 잡고는 자기는 이 아이에 대해 모르는 것이 없고 무엇이든 해 줄 수 있다고 생각했는데 이런 일이 벌어지니 어쩌면 아이가 원하지 않았겠구나 하는 생각에 너무 속상하고 미안해서 순간 화가 났다고 고백했다.

그 순간 나는 서글퍼졌다. 세상을 떠난 반려동물과 남겨진 보호자의 관계가 아직도 유효하다는 것을, 아니 더욱더 깊어질 수 있다는 것을 다시 한번 느낄 수 있었기 때문이다. 보호자들은 떠나보낸 아이를 그저 잊지 않는 것이 아니었다. 더 잘해주지 못한 것에 대한 아쉬움을 가슴 한 켠에 품고, 끊임없이 무언가를 주려 하고 있었다. 다만 떠난 반려동물이 좋아할지, 싫어할지에 대해 확신을 갖지 못할 뿐. 모든 보호자는 유골함뿐이라고 할지라도 평생 사랑한 아이의 분신으로 여기는 것이다. 반려동물을 사랑한 사람에게는 반려동물이 남기고 간 모든 것이 가장 소중한 법이라는 걸 깨달은 날이었다.

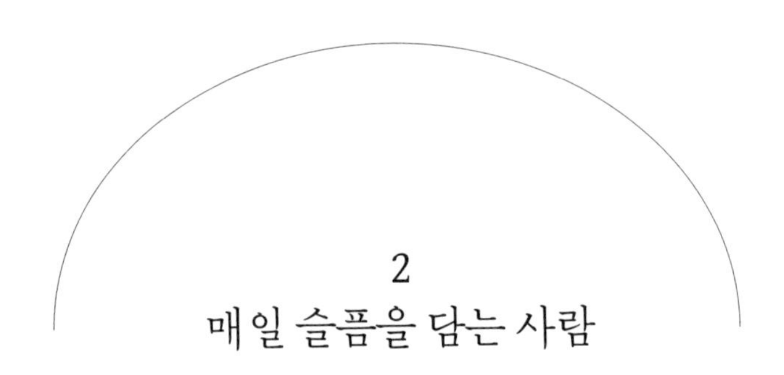

2
매일 슬픔을 담는 사람

나는 매일 슬픔을 담는 사람이다. 그렇다고 슬픔에 면역이 있는 건 아니다. 그래서 나의 하루는 슬픔을 담아내는 것으로 시작해 슬픔을 견디는 것으로 끝이 난다. 대신 슬퍼해 줄 수는 없지만 같이 슬퍼해 줄 수 있는 사람이 한 명쯤은 필요하지 않을까 싶어서다.

반려동물의 장례가 끝나도 현실을 바로 받아들이지 못하는 보호자들이 있다. 화장을 마치고 유골이 봉안된 유골함을 그대로 건네받아 돌아가는 보호자가 있고, 유골을 스톤으로 제작하는 보호자도 있다. 유골함을 끌어안은 채 그 자리에 주저앉아 한참을 울다 겨우 자리를 떠나거나, 실신 직전까지 오열하는 보호자도 있다.

나는 이들에게 굳이 형식적인 애도를 권하지 않는다. 그저 충분히 슬퍼함으로써 작별한 반려동물과의 시간을 돌이켜보도록 지켜보는 것이 더 나을 수 있기 때문이다. 아무리 마음을 굳게 먹고 시간과 돈을 들여 준비해 온 보호자도 반려동물의 장례를 직접 체감하면 생각보다 훨씬 힘들었다고 말한다. 아이를 잃은 상실감으로 인해 슬픔의 강도는 더더욱 세지고 괴로울 게 분명하다. 반려동물과 생활했던 집으로 돌아가면 생각지도 못한 헛헛함에 무너져 내린다는 말을 많이 들었다.

나는 종종 아이의 장례를 잘 치러줘서 고맙다는 말을 듣곤 한다. 유골함을 소중히 안고 돌아서는 보호자의 뒷모습에서 어쩔 수 없는 슬픔이 느껴질 때면 나라도 오늘 이 아이를 잊지 않겠다는 다짐을 하기도 한다.

일상은 거짓말처럼 반복되고 이제 아이는 없다. 단 한 번도 혼자 어딜 보낸 적이 없었을 반려동물을 외롭게 떠나보냈다는 죄책감이 들기도 한다. 그럴 때마다 사진을 보고 볕 좋은 자리에 놓은 유골함을 쓰다듬기도 하지만 헛헛한 마음을 채우긴 역부족이다. 함께 애도해 달라며 먼저 요청함으로써 마음의 짐을 덜었다는 보호자도 있다.

너의 모습이 어떻든

어느 날 전화 한 통을 받았다. 며칠 전 내가 담당한 반려동물의 보호자였다. 장례는 잘 치렀고 보호자도 여느 보호자와 다르지 않게 슬픔 가득한 뒷모습을 보이며 유골함을 안고서 돌아갔다. 그가 얘기를 풀어놓자 지난 며칠 새 일이 머릿속에 그려졌다. 막상 장례를 마치고 집에 돌아왔을 때 예상보다 훨씬 힘들었다고 했다. 그럼에도 내가 정성껏 장례를 준비하고 잘 치러줘서 조금 위로가 되었다는 것이었다. 사실 뒷산이나 텃밭에 묻어줄까 하다가 큰맘을 먹고 예약한 것이라고 했다. 만약 그렇게 아이를 보냈다면 이토록 절실하게 슬퍼할 기회를 얻지 못했을 거라고, 아이의 마지막이 유골함 안에 그대로 머물러 있는 것 같아 위안이 된다는 말이었다.

그때 내가 어떤 대답을 했는지는 잘 기억나지 않는다. 아마도 늘 하던 말로 감사함을 대신했을 것이다. 사랑해 주었던 아이를 오랫동안 기억하고 잊지 마시라고 말이다.

처음 반려동물 장례식장에서 일을 배울 때가 떠올랐다. 그날은 나의 사수였던 장례식장 대표님이 외근 때문에 일찍 자리를 비우는 날이었다. 늦은 오후에 평소와 달리 멀끔한 정장을 차려입은 대표님은 막 장례식장 밖으로 나가는 길이었다.

그때 마침 차 한 대가 장례식장에 도착했다. 장례 예약이 되어 있는 보호자의 차였다. 보호자는 차에서 내려 트렁크를 열어 보였다. 시골 마당에서 자유롭게 키우던 중형견이었다. 아이의 몸은 이미 딱딱하게 굳어 있었고 흙먼지와 온갖 이물질이 묻은 털은 군데군데 뭉쳐 있었다. 문제는 아이를 장례식장 안으로 옮겨야 하는데 순간 몸이 나가지 않았다. 정말로 1초보다도 더 짧은 찰나, 나는 눈앞의 아이를 꺼린 것이다.

바로 그때 누군가 내 몸을 옆으로 밀치고는 지체 없

이 아이를 끌어안아 장례식장 안으로 옮겼다. 외근을 나가던 대표님이었다. 그는 아이를 품 안에 안고 염습실로 들어갔다. 그의 멋들어진 정장은 흙먼지로 엉망이 되었다. 화장실에서 대충 정장을 닦아낸 다음 그는 유유히 장례식장을 빠져나갔다.

수년이 지난 그 장면이 아직도 내 머릿속에 생생하다. 그때의 내가 너무 부끄럽다. 동물을 위한다면서, 동물의 마지막까지 잘 배웅해 준다면서 기껏 아이의 상태가 좋지 않다는 이유로 내 몸이 그렇게 반응했다는 사실이 정말 수치스러웠다.

반려동물의 마지막 모습이 어떻든 간에 장례지도사는 늘 한결같은 태도로 아이를 대해야 한다. 비록 보호자의 관리를 많이 받지 못한 아이라 할지라도, 사고를 당해 안타까운 모습의 아이라 할지라도 장례지도사가 할 일은 마지막 배웅 자리를 주관하고 그때 아이를 생전 모습과 최대한 흡사하게 단장하는 것이다. 그때 일이 없었다면 난 지금쯤 반려동물과 제대로 시선을 맞추는 장례지도사로 성장할 수 없었을 것이다.

장례지도사는 슬픔을 없애줄 수는 없다. 다만 세상을 떠난 반려동물과 슬픔에 잠긴 보호자 사이에서 무엇이든 해 볼 수 있는 사람이다. 그래서 보호자의 마음을 보듬을 수 있다면, 세상과 이별한 반려동물이 평안하게 잠들 수 있다면 할 수 있는 모든 것에 최선을 다한다.

경력이 부족한 신입 장례지도사든, 경험이 풍부한 베테랑 장례지도사든 자신이 장례 절차를 담당하는 반려동물에게 있어서 그 시간만큼은 내가 이 아이의 또 다른 보호자라고 생각해야 한다. 또한 장례를 치르는 보호자와 가족들이 보기에 곁을 떠난 아이가 충분히 존중받고 있다는 느낌이 들도록 모든 과정을 보호자 가족이 직접 확인할 수 있어야 한다.

이것이야말로 장례를 치르는 보호자가 가장 바라는 점이기 때문이다. 이 부분이 실수 없이 잘 지켜진다면, 장례지도사가 다한 노력은 저절로 드러나게 된다.

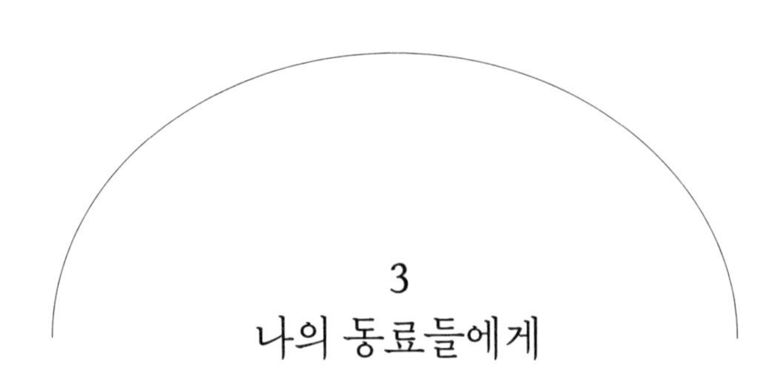

3
나의 동료들에게

반려동물 장례지도사 강성일로 활동한 시간이 어느새 10년이 넘었다. 이제 업계에는 선배보다 후배가 더 많아졌다. 당연한 말이겠지만 내가 몸담았던 반려동물 장례식장에서 난 경력도, 나이도 가장 많았다.

정신없이 지나온 시간을 되돌아보면, 난 별 볼 일 없는 경력, 그럼에도 활력 넘쳤던 체력과 의지만으로 이 일을 시작했다. 그리고 그때가 내 인생의 전환점이었다. 그때의 난 10년 후에도 매일 같은 일을 하고 있을 줄 알았을까? 아니, 몰랐다. 난 장례지도사라는 직업이 얼마나 많은 사람의 마음을 매만질 수 있을지 전혀 몰랐다.

지금이야 미래의 유망한 직업 중 하나로 소개되기도 하지만, 반려동물 장례지도사라는 직업이 이러한 대접을 받기까지는 반려동물에 대한 사회의 시선이 달라졌고, 그로 인해 반려동물 문화가 성숙해진 면이 주요했다. 그야말로 반려동물을 가족처럼 여기는 시대에 장례지도사는 한 가정의 부고를 누구보다 정성 들여 챙기는 사람으로 쓰이게 된 것이다. 그런 점에서 장례지도사는 현재를 발판 삼아 보다 반려동물 중심적인 장례문화를 선도하기 위해 노력해야 한다.

국내의 반려동물 장례식장에서는 '반려동물 장례 서비스'라는 문구를 장례식장 소개 용도로 많이 사용한다. 사실 '장례식장'과 '서비스' 사이에는 상당한 괴리감이 있다. '서비스'의 뉘앙스가 세상에서 가장 진중해야 할 장례식에 잘 어울리지 않고 알맞지도 않다고 생각한다.

장례지도사의 일은 보호자의 의중에 맞춰 장례 절차를 준비하는 서비스에 불과한 것이 아니다. 진짜 책무는 그보다 더 깊고 넓은 곳에 있다. 반려동물 장례지도사는 보호자가 미처 생각하지 못한 부분과 반려동물 입장에서 고려해야 할 사항을 시시각각 확인하고 조율하는 과정 전체를 주관해야 한다.

그저 어떤 동물이든, 어느 보호자가 오든 기계적으로 서비스화된 절차가 자리 잡은 장례식이라면 이제 막 성장하기 시작한 반려동물 장례문화는 고착될 수밖에 없을 것이다. 사람들에게 그저 친절함만 기억되는 서비스가 되어서는 안 된다는 말이다. 최선의 삶이 있듯, 최선의 죽음도 있는 법이다. 반려동물 장례지도사는 누군가의 사랑을 받은 반려동물에게 최선의 죽음을 제공하는 사람이 되어야 한다. 매뉴얼화된 장례 절차에서 장례지도사의 재량권이 부여되어 반려동물의 마지막을 보다 의미 있게 만들어 줄 수 있는 여건이 마련되었으면 한다.

그래서일까? 후배들 앞에선 나도 어쩔 수 없는 '꼰대'가 된다. 그나마 스스로 내가 꼰대임을 인정하다 보니 후배들에게 괜찮은 평가를 받는 면도 없지 않은 것 같다. 그럼에도 나는 이 '꼰대스러움'이 부끄럽지 않다. 일에 있어서만큼은 '꼰대스러움'이 필요하다. 적어도 내가 진행하고, 관리하는 장례 의전과 절차에서는 어떠한 타협도, 생략도 없다. 어쩔 수 없는 상황조차도 나는 인정하지 않는다. 그것이 반려동물 장례에 대해 내가 내린 정의이고, 신념이다.

아무래도 장례지도사로서 첫발을 디딘 후배들을 양성하기 시작하면서 일에 있어서 내가 가진 강박적인 면이 가중된 게 아닐까 싶다. 실무 현장에서는 자상한 선배보다 엄격한 선임의 모습으로, 교육 현장에서는 정확한 교육 담당자로서의 활동이 자연스럽게 체득된 것 같다.

그래도 이제는 직무 외적인 면에서 유연하게 생각하고 행동하려 노력하고 있다. 아무래도 후배 장례지도사들이 일을 시작하는 나이가 더욱 어려지고 그만큼 생각의 차이가 있고 이해의 깊이가 다르기 때문에 일방적으로 내 생각을 강요할 수는 없다.

첫째도 둘째도 보호자의 입장에서

일에 대한 나의 강박은 다른 사람들이 볼 때 예민함

을 넘어 조금 병적이라고까지 이야기할 정도다. 가령 퇴근 후나 휴가 기간에도 나는 보호자와 상담하기 위한 업무용 휴대폰을 항상 들고 다닌다. 이른 아침은 물론 깊은 새벽에 상담 전화를 받는 것이 일상이다. 대체할 사람이 없는 것도 아니고, 동료들을 못 믿는 것은 더더욱 아니다. 다만 현 상황이 낯설 수밖에 없는 보호자에게 기초 수습 방법을 차분히 안내해 주는 것부터 반려동물 장례의 시작이라고 생각하기 때문이다. 어쩌면 이것이 내가 추구하는 직업윤리에서 비롯된 행동일 수도 있다.

지금은 조금씩 그 짐을 동료들과 나누고자 한다. 이러한 강박이 내가 지킨 신념만큼 건강을 해치고 있었다는 사실을 깨달았기 때문이기도 하다. 나는 나 스스로를 매일 괴롭히며 살고 있었다. 아직은 장례지도사와 사생활 사이의 스위치를 끄고 켜는 것이 어색하긴 하다.

신입 장례지도사를 처음 대할 때 나는 당연하면서도 가장 잊기 쉬운 얘기를 한다.

"보호자의 입장에서 생각하자."

우리가 책임져야 하는 건 자기 삶을 다한 반려동물이지만, 직접 소통하고 안내해야 할 대상은 누구보다 상심해 있을 보호자다. 그들의 마음에 최대한 공감하려는 노력이 없다면 언젠가 장례지도사로서의 허점을 드러낼 수밖에 없다. 사소한 말투, 습관, 태도 하나에 보호자는 상처받을 수도, 오해를 할 수도 있다. 만약 그런 상황이 벌어진다면 보호자는 자기 반려동물을 그런 장례지도사에게 맡기지 않을 것이다.

기술적으로 능숙한 장례지도사를 무수히 양성하는 것은 가능하다. 하지만 장례지도사라는 직업의 특수성을 이해하고 보호자의 마음에 최대한 공감하는 장례지도사를 양성하기 위해서는 꽤 오랜 시간이 걸리고 상당한 노력이 필요하다. 그만큼 신입 장례지도사에게 있어서 보호자의 마음을 헤아리고 적절히 대처하는 능력은 매우 중요하다. 장례지도사의 말과 행동 하나하나에 따라 보호자가 비교적 차분한 마음으로 반려동물의 죽음을 받아들일 수도, 아니면 그러지 못할 수도 있기 때문이다.

처음 장례지도사로서 일을 시작할 때 가졌던 마음가짐은 시간이 지날수록 사라지기 마련이다. 일의 강도가 세지고 하루에 몇 번이고 반복되는 장례를 치르다 보면 온종일 우울감에 젖은 상태가 되기 때문이다. 장례식장을 다녀간 이들이 남기고 간 슬픔은 자기도 모르는 새 가슴 구석구석에 쌓여 정신적으로, 육체적으로 쇠약해진다. 매일 꼬박꼬박 슬퍼하는 사람들과 막 삶을 멈춘 생명들을 마주하는 일이 이토록 어렵다는 걸 깨닫는다.

그래서 난 현장에서만큼은 더더욱 엄중하게 후배들을 대한다. 현장에서 직접 부딪혀 보라며 낭떠러지에서 떠밀듯 다그칠 때도 있었다. 때로는 지친 후배를 다독이면서 결국은 해내게 만들기도 했다. 그동안 혼자 배우느라 고통스러웠던 일들이 더 많았기에 내게 의지하는 후배들에게는 조금이라도 덜 어려운 길로 인도하고 싶은 마음이 크기 때문이다.

그렇게 날 믿어준 후배들은 이제 나의 동료 장례지도사로 활발히 활동하고 있다. 이제 경력 6년 차의 베테랑급 장례지도사뿐 아니라, 3년 차에 들어선 장례지도사들도 뒤따라 성장하고 있다. 현재 국내에서 운영 중인 반려동물 장례식장에서 이 정도의 경력을 가진 장례지도사는 많지 않다. 생각보다 정신적으로나 육체적으로나 워낙 품이 드는 직업이라 버티기가 쉽지 않기 때문이다. 그래서 장례지도사의 꿈을 접고 다른 꿈을 좇아 떠난 후배들의 마음도 충분히 이해한다. 나와 함께 경력을 쌓아온 동료 장례지도사들은 이제 내 영향권에서 점점 멀어지고 있다. 경력이 쌓일수록 본인의 역량이 단단해지고 있음을 스스로 알고 있기 때문이다.

정해진 공식대로 기계처럼 일하는 직업이 아니다 보니, 장례지도사는 무수히 많은 변수에 대처하며 최대한 완벽한 환경을 조성해야 한다. 물론 사람이 하는 일이 결코 완벽할 수 없기에 아무리 경력이 많아도 겸손한 태도가 필수다. 그러한 겸손은 훗날 자기 성장의 밑거름이 될 뿐 아니라 장례지도사라는 직업이 세상에서 어떤 의미로 존재하는지 깨닫게 해 주는 기능을 할 것이다.

직업에 있어서 난 타협 없이 꼿꼿하게 10년을 버티며 살았다. 그 세월 동안 스스로 변한 것도, 반대로 변하지 않은 것도 있다. 그로 인해 많은 사람에게 보람을 주기도 했지만, 또 그만큼 많은 사람에게 상처를 주기도 했다. 보호자의 감정을 상대해야 하는 직업 특성상 동료들에게 더 큰 포부를 가지라는 희망과 격려의 말을 해주기보다 현실에서 최선을 다하라는 쓴소리를 더 많이 했던 것 같다.

지금 생각해 보면 그런 나의 태도가, 나와 인연을 맺고 싶어 했던 이들과 장례지도사를 꿈꿨던 이들에게 부정적인 영향을 끼쳤을 수도 있다고 생각하니 마음이 좋지 않다. 그들에게 진심을 담아 사과의 마음을 전하고 싶다.

동료 후배들 중에는 각종 미디어에 노출된 현직 장례지도사들의 인터뷰나 콘텐츠 등을 보고 장례지도사의 길로 들어선 이들이 많다. 내가 참여한 콘텐츠를 접하고 면접을 보러 오는 이들도 있어서 민망해질 때가 많다. 그래서 그렇게 입사한 이들에게 이왕이면 제대로 된 업무를 가르쳐 주고 싶은 마음이 커질 수밖에 없다. 서로의 고민도 서슴없이 얘기하면서 같은 일을 하는 동료로서 의지하길 바라는 마음에서다.

언젠가 SNS 메시지를 통해 내게 반려동물 장례지도사에 대해 질문한 친구도 있었는데, 생각보다 진지한 고민과 결심이 느껴져서 장시간 메시지를 주고받으며 약간의 조언을 해준 적이 있었다. 그리고 몇 개월이 지나 그 친구는 나의 후배 장례지도사가 되었다. 지금도 아직 보관 중인 그때 메시지를 볼 때면 바로 눈앞에서 능숙하게 일하는 동료와의 첫 만남이 새록새록 떠오르고, 나까지 마음가짐이 새로워진다.

내겐 그저 약간의 팁이었지만 처음 이 길을 가고자 마음먹은 이들에겐 그게 바로 초심이었던 것이다. 나 역시 자신을 돌아보는 계기가 되었다. 이 일을 너무나 하고 싶은 마음만으로 혼자서 발버둥 치던 어려운 시절이 있었고, 정말 어렵게 시작했지만 불확실한 미래에 내 모든 걸 걸면서 묵묵히 버텨냈던 시절이 떠올랐다. 지금도 간혹 그때 얘기를 내게 꺼내면서 지금 자신이 얼마나 막중한 일을 하고 있는지 되새기는 후배들이 있다.

난 아직 은퇴할 나이도 아니고, 그럴 생각도 없지만 흐르는 세월대로 아주 어린 나이부터 장례지도사를 희망하는 이들이 점점 많아지는 것 같다. 어렸을 때부터 아무렇지 않게 반려동물과 가족처럼 자라온 환경이 자연스럽게 자신의 꿈을 그리는 데 영향을 미치지 않았을까 싶다.

그래서일까? 다른 세대에게 내가 창피한 선배로 비

치는 게 두렵다. 딱히 후배들에게 멋져 보이는 선배가 되고 싶은 건 아니지만 나로 인해 반려동물 장례지도사가 우리 사회에서 선한 영향력을 퍼트릴 수 있는 직업으로 받아들여졌으면 좋겠다. 그리고 그 길을 묵묵히 가고자 하는 후배들을 위해 현실적인 도움을 주고 싶다. 함께 고민하고 서로 응원하며 지금보다 더 나은 장례문화를 만들어 나아가는 게 내 꿈이다.

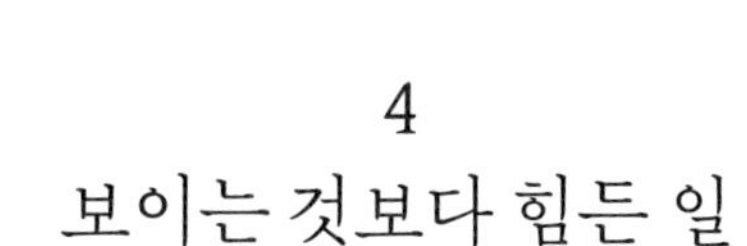

4
보이는 것보다 힘든 일

반려동물 산업이 폭발적으로 증가하고 장례 수요가 많아지다 보니 이 일을 조금만 배우면 돈을 벌 수 있다고 여기는 사람이 증가하는 것 같다. 최근 몇 년간 동물 관련 학과를 졸업하거나, 제2의 직업으로 염두에 두고 이 일을 찾는 이들도 늘고 있다. 그러나 언론이나 미디어에 비치는 모습과 달리 이 또한 직업이고 노동이다 보니 얻는 보람만큼 힘든 점도 상당하다. 그래서 쉽게 생각하고 이 일에 발을 들였다가 마음에 상처를 입고 몸과 마음이 지쳐 그만두는 사람도 많다.

2022년 현재, 반려동물 장례 이론과 실무의 검정은 민간 교육기관과 민간단체에서 맡고 있다. 이곳에서는 해당 교육 이수자들에게 교육 수료증을 '자격증'이라고 명시해 발급한다. 하지만 각각의 교육 프로그램이 통일되어 있지 않고 국가가 공인한 자격증이 존재하지 않기 때문에 사실상 자격증의 유무가 반려동물 장례지도사의 자격을 부여한다고 보기 어렵다. 그런 점에서 반려동물 문화와 산업의 발전 속도에 따라 국가가 주도하고 시행하는, 공신력 있는 자격 검정 제도가 꼭 필요하다고 생각한다.

반려동물 장례지도사를 본격적으로 준비하는 사람이라면 생각보다 높은 사명감과 배려심 그리고 인내심을 지녀야 한다. 보호자는 담당 장례지도사에게 평생을 소중히 품었던 반려동물을 맡기는 것이다. 그렇기 때문에 장례지도사는 그 마음을 잘 전달받아 아이의 마지막 길을 안전히 인도해야 할 의무가 있다.

장례지도사는 그 과정에서 벌어지는 수많은 일에 대처할 수 있어야 한다. 기계적인 응대만으로는 부족하다. 그래서 자칫 허술한 마음으로, 단지 업무라고만 생각하고 아이를 맡게 될 경우 생각지도 못한 일이 벌어질 수 있고, 이로 인해 보호자와 반려동물의 마지막 인사 시간을 망칠 수 있다.

반려동물 장례지도사는 실력뿐 아니라 보호자의 마음을 헤아리는 능력이 필요하다. 염습이나 수골, 분골 같은 기술적인 부분은 경험이 축적되면 충분히 체득할 수 있다. 그러나 무엇보다 진정성 있게 보호자의 이야기를 들어주고 미처 생각하지 못한 부분까지 세심하게 챙길 수 있는 장례지도사로 성장하기 위해서는 함께 슬픔을 나눌 수 있는 공감 능력도 겸비해야 한다. 이러한 실력이 쌓이면 아무리 바쁘고 힘들어도 장례를 치를 때마다 느끼는 보람과 자부심은 더욱더 커지게 된다.

항상 진중함과 친절 그리고 선한 이미지를 유지하는 것 또한 반려동물 장례지도사에게 필요한 요소다. 서비스직에서나 필요할 법하다고 생각할지 모르겠지만, 장례 절차는 엄연히 보호자가 비용을 지불하고 제공받는다. 그렇다면 거기에 알맞은 태도로 임해야 한다. 그런 점에서 장례지도사는 보호자에게 그 누구보다 신뢰감 있는 모습을 보여야 한다.

장례지도사가 신뢰를 주지 못하면 보호자는 혹시 모

를 걱정을 해소하지 못한 채 반려동물을 떠나보내야 한다는 불안을 느끼게 된다. 그러므로 장례 절차를 진행하는 동안 보호자 주변 상황을 파악하고 있어야 하며 예상치 못한 상황이 발생하면 최선을 다해 수습하는 데 익숙해져야 한다. 장례지도사로서 축적한 경험과 노력이 그 바탕을 이룰 것이다.

장례식장은 보호자 앞에서 직무 능력과 실력을 시험받거나 과시하는 곳이 되어서는 안 된다. 대체로 누가 노력을 알아줄 가능성은 낮지만, 만에 하나 누군가 장례지도사의 노고를 알아준다면 그만큼 묵묵하게 장례지도사로서의 역할을 잘 해냈다고 여김으로써 스스로를 칭찬하면 될 일이다.

반려동물 장례지도사는 보호자의 이야기에 귀를 기울이되, 그의 사정과 형편을 고려해야 한다. 보호자는 마음 같아선 당연히 값비싼 장례를 준비해 주고 싶을 것이다. 하지만 모두가 그러한 결정을 내리기는 어렵다. 그렇다면 장례지도사가 먼저 부담스럽지 않은 수준의 장례를 권해야 한다. 무조건 비싸거나 특전이 있는 장례를 권하는 것은 지양해야 한다. 장례지도사는 항상 올바른 반려동물 장례문화에 기여한다는 사명감을 가져야 하며, 사업가가 되어서는 안 된다.

동물의 장례를 장사로 받아들이는 순간 지금껏 긍정적으로 변화된 반려동물 장례에 대한 시선이 다시 제자리로 돌아갈지도 모른다. 반려동물 장례 절차를 상업적인 의도로 운영한다면 머지않아 장례를 치르는 반려동물의 안위보다 그저 수익만 좇는 사람들이 반려동물의 장례를 허투루 맡을 게 분명하기 때문이다. 매일 만나는 모든 보호자가 차별 없이 장례를 치를 수 있도록 장례지도사로서 최선을 다해야 한다.

반려동물의 장례 진행 중 장례지도사는 가족들이 슬퍼하는 모습을 지켜볼 수밖에 없다. 그들이 느끼는 슬픔의 강도는 각기 다르다. 특히 반려동물의 화장아 진행된 다음 유골을 직접 확인하는 과정은 유가족에게 큰 충격으로 다가온다. 생각보다 적은 양의 유골에 놀라는 보호자도 있고, 이제 더 이상의 반려동물의 생전 모습을 볼 수 없다는 사실에 망연자실하는 보호자도 있다. 상황에 따라 그 자리에서 혼절해 쓰러지는 보호자도 있다. 이런 극적인 돌발 상황을 제어해야 하는 사람이 바로 장례지도사이다. 장례지도사로서 반려동물의 장례를 엄숙히 진행해야 하는 것도 중요하지만 유

가족을 안전하게 보호하고, 때에 따라서는 최소한의 응급처치를 동원하여 안전사고에 대처할 수 있어야 한다.

보통 유골을 직접 접할 일이 없다 보니 많은 사람이 유골의 색깔을 흰색으로 생각한다. 그렇지만 실제 분골이 완료된 유골의 색깔은 연한 베이지색 또는 회색에 가깝다. 그래서 수골과 분골로 이루어지는 유골 수습 과정을 참관하는 보호자가 가장 많이 하는 질문이 “유골 색깔이 왜 하얀색이 아닌가요?”이다. 혹시나 수습 과정에서 불순물이 섞인 건 아닐까 의심하기도 한다.

장례지도사는 이때 보호자에게 충분한 설명과 안내를 하지만, 그럼에도 불구하고 믿지 못하거나 잘 이해하지 못하는 보호자가 있다. 그런 경우를 고려해 화장 직후 반려동물의 실제 유골의 단면을 보호자에게 확인시켜 주기도 한다. 그럼 보호자도 의문을 속 편히 풀 수 있다.

염습, 죽은 동물을 위한 예우

사고사로 인해 장례식장에 도착한 동물들이 생각보다 많다. 끔찍한 사고로 사망한 동물은 사고 부위의 수습이 아예 되어 있지 않거나, 동물병원에서 바로 온 경우라면 아주 기본적인 수습만 된 상태인 경우가 많다.

어느 무더운 여름날이었다. 서울 시내 한복판에서 차에 치인 반려견을 장례식장까지 운구해 장례를 치른 적이 있다. 반려견은 하네스를 입은 채였다. 산책 중 발생한 돌발 상황에 보호자가 리드 줄을 놓치면서 일어난 사고였다.

당시 아이의 복부 표피는 완전히 찢어져 있었고, 내부 장기도 돌출돼 있었다. 현장에 도착하자마자 가장 먼저 보호자에게 사망한 아이의 수습 과정을 설명하면서 운구 동의를 구했다. 그런 다음 지혈부터 하고 상처 부위가 더 벌어지지 않도록 조치한 후에 조심히 차량에 안치했다. 도로 위에 얼룩진 혈흔은 물을 뿌려 어느 정도 정리했다. 장례식장에 도착해서 바로 염습 절차에 들어갔다. 먼저 상처를 봉합했는데, 찢어진 부위가 워낙 넓어서 두 시간이 넘게 걸렸다.

장기가 몸 밖으로 돌출된 경우에는 장기를 다시 몸 안으로 조심히 넣어 자리를 잡고 고정해야 한다. 그런 다음 상처 부위를 봉합해야 하며, 상처 부위가 넓을 경우 연속 봉합보다는 결절 봉합으로 수습해야 한다. 물론 이런 기술적인 대응도 한 아이의 참담한 몰골을 똑바로 마주할 수 있을 정도의 마음가짐이 준비되어 있어야 가능하다.

염습을 진행할 때 장례지도사는 반려동물의 특이사항을 가장 먼저 파악해야 한다. 병원에서 바로 운구되어 온 반려동물의 경우 비강튜브나 위관튜브 등이 삽입되어 있는 경우도 있는데, 이때는 체내에 삽입된 튜브는 겉으로 드러난 부분까지만 제거한다. 사실 모든 이물질을 제거하는 것이 옳으나 사후 상태에서 2차 부상이나 훼손이 불가피한 경우에는 외관상 최대한 생전의 모습과 가깝게 염습을 진행하기 위해서다.

반려동물의 장례 절차

반려동물의 장례 절차는 사람들에게 아직 낯선 편이다. 염습, 수의 입복, 입관 등의 절차를 제대로 이해하기란 쉽지 않기 때문에 장례지도사는 보호자에게 충분히 진행 과정에 대해 설명해 줄 필요가 있다. 특히 큰 슬픔을 받아들여야 하는 보호자의 심리 상태를 고려해 안정적이고 명료한 설명이 필요한데, 이때 업계에서 사용하는 용어만으로 설명이 부족하다면 차분하고 쉽게 안내하여 장례 절차에 대해 보호자가 정확히 이해할 수 있도록 해야 한다.

수의는 반려동물의 몸집에 따라 입히지 못하는 경우도 있다. 기성품은 대부분 규격화되어 있어서 반려동물의 체격이 클 경우 수의의 매듭 끈이 너무 짧아 복부 쪽이 너무 조여진 상태가 된다. 간혹 보호자가 전통 방식의 신생아 천 싸개를 준비하기도 하는데, 이 경우에는 반려동물을 싸매는 형태가 되어 버리기 때문에 수의를 입힌 모습을 연출하기 어렵다.

수의에는 매듭이 없어야 한다는 한국 전통에 따라 매듭 대신 고를 만든다. 수의에 매듭을 만들면 가족이 화통하지 못하고, 이승과 저승의 끈을 풀어 영혼이 이승으로 넘어오지 못하게 한다는 의미가 있으며, 매듭을 짓지 않음으로써 환생의 믿음과 여지를 둔다는 뜻이기도 하다. 이처럼 반려동물의 수의 입복은 레이스와 싸개보 무늬의 방향, 반려동물의 체격에 따라 그 방법이 달라지므로 장례지도사의 솜씨가 필요하다.

반려동물 장례에서 추모식에는 보호자 가족 외에 지인들이 참석하기도 한다. 보호자 가족의 의향에 따라 종교의식을 직접 진행하기도 한다. 예를 들면 찬송가 및 연도(천주교식 장례 방법으로 연옥에 있는 이를 기리기 위한 기도)를 진행하거나, 불교의 경우 승려가 직접 참석해 반려동물을 위해 목탁을 치면서 염불을 왼다. 사람의 장례식과 다르지 않다.

화장 절차가 종료되면 장례지도사는 참관한 보호자에게 유골을 확인할 수 있도록 한다. 이때 간혹 보호자가 '반려동물의 몸 방향이 바뀐 것 같다.', '다리의 방향이 왼쪽에 있었는데 반대 위치로 와 있다'처럼 화장 전과 다른 유골에 대해 질문할 때가 있다. 이는 화장 시 발생하는 근육 수축에 따른 자연스러운 현상이다. 화장 시 근육이 열과 화점에 의해 부피가 감소하는데, 이때 복부의 표피와 근육의 수축으로 옆으로 뻗어 있던 다리가 점차 위쪽으로 세워진다. 이러한 현상이 심해지면 원래 누운 자세에서 다리 한쪽이 반대 방향으로 넘어가는 경우도 생긴다. 특히 등보다 복부에 근육이나 표피가 많은 중·대형견과 체격이 큰 고양이에게 종종 발생한다.

유골 확인 시 반려동물의 유골 일부를 분골하지 않은 상태로 보존을 원하는 보호자도 있다. 특히 이빨의 보존을 가장 많이 요청하는 편이다. 하지만 이빨은 화장 후 겉과 달리 안쪽의 텅 빈 상태로 유골 수습 시 쉽게 부서지는 경우가 많고, 잇몸뼈 안쪽에 이빨 뿌리가 박혀 있어 이빨만 완전히 분리하기는 어렵다. 이는 유골의 손실을 방지하기 위해서라도 충분히 설명한 뒤 정중히 거절한다.

유골함을 인도할 때는 보호자가 안전하게 인도받을 수 있는 상황인지 반드시 확인한다. 반려동물 유골함은 작은 편이기 때문에 보호자에게 인도하는 과정에서 방심해서 놓쳐서 파손되는 상황이 벌어질 수 있다. 유골은 다시 밀봉할 수 없을 정도로 미세한 입자이기 때문에 돌이킬 수 없는 문제에 직면하게 된다. 장례 절차 중 일어날 수 있는 변수를 예측하여 최대한 제거해 나가는 것이 장례지도사의 의무이기 때문에 나는 늘 주의를 기울인다.

동물등록이 되어 있는 반려동물의 경우 장례지도사는 모든 장례 절차가 끝난 후 동물등록 변경신고 의무에 대해 안내해야 한다. 동물등록 변경신청은 보호자가 직접 방문해 진행하는 방법과 온라인에서 동물보호관리시스템을 이용하는 방법이 있다. 동물등록 변경신청의 기한은 사망 시점으로부터 30일 이내이고, 보호자가 30일 이내 변경신청하지 않으면 과태료가 청구될 수 있음을 해당 보호자와 가족이 충분히 인지할 수 있도록 설명해야 한다.

은동이네 이야기

사람은 '혼인, 혈연, 입양'을 통해 가족이 됩니다. 제게 반려동물은 입양을 통해 만난 가족입니다. 저는 현재 반려동물 세 마리의 보호자이지만 그들의 주인은 아닙니다. 부모는 자녀를 보호합니다. 그러나 부모는 자녀를 소유하지 않습니다. 반려동물도 마찬가지입니다.

반려동물의 사전적 정의는 '사람이 정서적으로 의지하고자 가까이 두고 기르는 동물'입니다. 저는 둘에게 종을 초월한 연대와 가족애를 느꼈습니다. 그래서 저는 저 자신을 '견주'가 아닌 '반려인간'으로 지칭하곤 합니다.

자주 다니는 길에 동물병원의 치와와 한 마리와 눈이 마주쳤습니다. 녀석을 보고 어렸을 때 길렀던 '와치'가 떠올랐습니다. 언뜻 봐도 6개월은 되어 보였습니다. 그날 이후로 꼬박 두 달을 지켜보다 용기를 내어 병원 안으로 들어갔습니다. 몇 살인지, 그동안 관심을 보인 사람이 있었는지, 입양되지 못하면 어떻게 되는지 물었습니다. 하루, 이틀, 사흘, 나흘이 지났습니다.

'아, 아무래도 안 되겠어!'

무더운 여름밤 몸을 발딱 일으켜 병원으로 향했습니다. 잔뜩 주눅이 든 치와와 은동이를 데려왔습니다. 일주일 후 은동이는 발작을 시작했습니다. 선천적인 뇌 질환이었습니다. 발작은 불규칙했지만 빈도가 잦아졌고 강도는 점점 심각해졌습니다.

저는 은동이를 위해 1년 반 동안 외출을 삼가고 그 애 곁을 지켰습니다. 대발작이 올 때면 은동이는 사경을 헤맸습니다. 얼마 후 은동이의 발작 횟수는 줄었고 병원에서는 이번 고비를 넘길 수 있을 것 같다고 말했습니다.

하지만 제가 받은 느낌은 달랐습니다. 은동이를 안게 해 달라고 했고 의료진은 자리를 비켜주었습니다. 그러자 은동이의 발작이 서서히 잦아드는 게 느껴졌습니다. 그렇게 나의 개를 오랫동안 쓰다듬고 귀엣말을 해주었습니다.

'엄마는 괜찮아. 편한 곳으로 가도 돼.'

면회를 마치고 은동이의 장례를 준비했습니다. 병원에서는 수치가 좋아지고 있다고 했지만 저는 알 수 있었습니다. 은동이가 곧 떠날 거라는 걸. 장례식장을 알아보고 사진을 몇 장 골랐습니다. 그날 저녁 은동이는 뇌사 상태에 빠졌고 전 안락사를 결정했습니다. 마지막으로 은동이를 품에 안아보았습니다.

"은동아, 잘 가. 사랑해. 모든 게 다 고마웠어."

은동이의 심장은 이내 멈추었습니다. 은동이의 모든 감각이 다 떠나갔다고 여겨졌을 때 비로소 눈물을 쏟았습니다. 이후 딩동이가 사고사로 세상을 떠났습니다. 두 번째 이별이었습니다. 아직도 딩동이의 죽음에 대해 편히 입을 떼지 못하겠습니다.

대형견을 입양할 생각은 없었습니다. 기운 넘치는 코커스패니얼과 생활하는 건 결코 쉬운 일이 아니었기 때문입니다. 그러나 소울이가 파양을 당한 적이 있다는 설명에 제 마음이 기울었습니다. 한 차례 입양되었으나 파양된 후 임시 보호처를 떠돌고 병원 케이지 안에 갇혀 지냈다고 했습니다. 우울해 보이는 녀석의 몸집은 생각보다 컸습니다. 고민이 됐습니다. 임시 보호자와 만나기로 한 날 타고 있던 차에서 녀석이 훌쩍 뛰어나왔습니다. 그동안의 고민이 무색하게 전 마음을 정했습니다.

소울이는 파양으로 다친 마음을 제 곁에 기댔습니다. 도리어 저의 슬픔과 분노를 부모처럼 안아주었습니다. 그러나 열일곱 살 노견은 마치 잊고 있었던 일이 떠올랐다는 듯 갑작스럽게, 하지만 평온하게 저를 떠났습니다. 세 번째 이별이었습니다.

창 너머로 비칠비칠 걸어가는 길고양이가 눈에 띄었습니다. 골격이 다 드러날 정도로 앙상한 몸이었습니다. 오토바이와 차들이 쌩쌩 달리는데 언젠가 치일 것만 같아 뛰어나갔습니다. 녀석은 힘없이 도망쳤지만 그 바람에 제 손에 잡혀 곧장 병원에 갈 수 있었습니다.

은조라고 이름 붙인 고양이는 만성신부전 판정을 받았고, 당장 죽어도 이상하지 않다는 설명을 들었습니다. 최선을 다해 치료해 보기로 했지만 잠시 호전되는 듯했던 은조는 결국 무지개다리를 건넜습니다. 경계심이 많아 사나웠던 아이였지만 마지막 날에는 제게 마음을 열어주었습니다. 은조는 아주 잠시 저와 지내다 떠났지만 함께한 시간이 짧다고 해서 네 번째 이별의 슬픔이 가벼워지는 것은 아니었습니다.

유기견 헬렌이는 임시 보호 중에 입양하게 되었습니다. 소울이와 헬렌이는 무척 사이가 좋았습니다. 둘은 제게 부모처럼 평안함을 주는 반려견들이었습니다. 헬렌이도 열일곱 살 되던 해 제 곁을 떠났습니다. 고요한 죽음이었습니다. 소울이가 떠난 해 12월이었습니다. 제가 맞은 다섯 번째 이별이었습니다.

지금 저는 희동, 유정, 은우와 함께 살고 있습니다. 희동이는 선천적 뇌 질환으로 인해 2020년 여름에 시한부 판정을 받은 상태입니다. 병원에서는 희동이가 지금까지 이만큼 지내는 것이 거의 불가능에 가깝다고 설명했습니다. 저는 언제 닥칠지 알 수 없는 여섯 번째 펫로스를 준비하고 있습니다. 시 보호소에서 입양한 유정과 길고양이 출신 은우는 아직 어리고 건강합니다. 각자에게 주어진 '때'가 있다는 걸 알고 있습니다. 저라고 다르지 않을 것입니다.

은동이의 죽음으로 맞은 첫 번째 펫로스는 매우 힘들었습니다. 스스로 냉정함을 유지하려고 애썼지만 시도 때도 없이 눈물이 쏟아졌습니다. 은동이의 몸이 점점 차가워질 때 어쩔 줄 몰랐습니다. 강성일 장례지도사님께 전화를 드렸습니다. 바로 장례를 준비하자고 하시면서 은동이와 하루 또는 이틀 정도 같이 지낼 것을 권유하셨습니다.

"충분히 시간을 갖고 천천히 진행하셔도 됩니다. 72시간까지 괜찮습니다. 많이 만져주시고 못다 한 말을 전하시는 건 어떨까요?"

따뜻하면서 차분한 음성이었습니다. 지도사님의 조언 그대로 따랐습니다. 의지할 수 있는 사람이 있다는 건 제겐 큰 위로였습니다. 지도사님은 은동이의 장례 절차 동안 동행해 주셨습니다. 덕분에 은동이와의 이별 순간에 후회를 남기지 않을 수 있었습니다. 저는 은동이와 최선의 이별을 한 것입니다.

장례지도사는 단순히 동물의 사체를 처리하는 사람이 아니었습니다. 강성일 지도사님은 우리의 이별에 기꺼이 동참했고 최선의 이별로 인도해 주셨습니다. 사무적인 친절 대신 진심이 느껴진 응대였습니다.

덕분에 제게도 아쉬움이 남지 않은 이별이었습니다. 은동이가 없는 일상은 늘 낯설지만 저는 이제 슬픔에만 갇혀 있지 않습니다.

Part 4.

기억하기 위해 아픈 시간

1
남겨진 사람들

이전의 나날로 절대 돌아갈 수 없다는 사실은 사람을 무력하게 만든다. 늘 곁에 반려동물이 있었던 일상이 하루아침에 달라진 것이다. 이별에 익숙해졌다고 생각한다. 나름대로 더 이상 슬프지 않을 거라고 자신한다. 하지만 일상으로 돌아오자마자 빈자리는 갑자기 크게 느껴진다. 매일 똑같이 밥을 주고, 물을 주고, 산책하러 나가고, 약을 먹이고, 잠을 재우기 위해 했던 일들을 이제 하지 않아도 된다. 그럴 필요가, 이젠 없다.

'어쩔 수 없는 죽음이었을까?'

머릿속에서 몇 번이고 반복되는 질문에 선뜻 해답을 찾을 수 없을 것이다. 그렇게 사랑하던 아이의 마지막은 결코 잊지 못하면서도 아이가 남긴 의문은 영영 풀지 못하리라는 사실을 받아들일 수 없다.

장례지도사로서 지금껏 봐 온 풍경에는 이처럼 최대치의 슬픔을 감당하는 이들이 서 있다. 하루에도 몇 번이나 마음껏 사랑하지 못한 이들이 눈물을 흘리는 모습을 지켜보는 건 그 누구라도 쉽게 해낼 수 없다.

몇 시간을 오열하던 보호자가 탈수 증세로 쓰러져 급히 119를 불러야 하는 일도 내 직장에서는 종종 일어난다. 과거에는 지켜보는 내가 다 지쳐서 "어쩔 수 없잖아요"라는 말이 거의 목구멍 밖으로 튀어나올 뻔한 적도 있었다. 지금 난 그때의 내가 부끄럽다.

'내가 보호자라면 과연 무 자르듯 이 상황을 정리한 뒤 돌아갈 수 있을까?'

아니다. 심지어 나라고 더 심하게 오열하지 않을 거라는 확신도 하지 못한다. 그렇게 생각하면서부터 나는 보호자가 온전히 슬퍼할 수 있게 돕는 존재가 되기로 했다. 반려동물의 안녕을 바라는 시간과, 보호자가 아직은 낯선 슬픔을 자기 것으로 만들 수 있도록 환경을 조성하고 진심을 담은 위로를 전해 보기로 한 것이다. 보호자의 삶은 그날 이후로 완전히 달라지기 때문이다.

사람마다의 사정이 다르듯, 누군가를 애도하는 방법도 다 같을 수 없다. 고요하고도 엄중히 추모실 안을 슬픔으로 가득 채우는 것도 애도이고, 온 가족이 둘러 모여 오래전 사진을 한 장 한 장 바라보며 추억에 잠기는 것도 애도다. 반려동물이 생전에 부대꼈던 이들의 조문을 받는 것 역시 애도 방법 중 하나다. 애도하는 법이 다 다를지라도, 충분한 시간을 들이고, 온전한 환경을 조성하여 간절히 명복을 바라는 것이 가장 중요하다.

화장 절차가 모두 끝나면 보호자는 반려동물의 유골을 확인한다. 그런 다음 수골과 분골 과정을 거쳐 유골은 유골함에 봉안된다. 마지막으로 유골함을 보호자에게 건네는 것으로 모든 장례 절차는 끝이 난다. 이후 보호자에게는 장례 증명서를 발급해 주고 기입 내용 확인을 요청한다. 존재하지 않게 된 반려동물의 기록을 직접 확인하고 인정하는 순간이다.

비로소 그동안의 긴장이 풀리기 시작하며 보호자는 그제야 장례지도사와 제대로 눈을 맞추고 이야기할 수 있다. 한편으로는 이제 현실을 받아들일 준비를 하기 위해 냉정해지기로 마음먹는 순간이기도 하다. 간혹 그즈음이면 도리어 마음이 편안해졌다고 말하는 보호자도 있다. 방금 전까지 무너진 세상에 혼자 남은 사람처럼 통곡하며 마지막 인사를 나눈 보호자가 이제는 진심을 다해 인사를 했으니 조금은 안심된다고 고백하기도 한다. 그렇게 장례식장을 떠날 때가 되어서야 장례지도사와 마음을 틀 수 있는 것이다.

모든 장례 절차가 종료되면 내가 보호자에게 늘 전하는 이야기가 있다.

"보호자님, 금일 보호자님과 가족분들을 모시고 진행되었던 모든 장례 절차는 이렇게 마무리되었습니다. 가족분들께서 많이 슬퍼하시는 모습을 옆에서 보면서 마음이 참 무거웠습니다. 저 역시 반려동물과 함께 지내고 있는 한 명의 보호자이다 보니, 직접 아이의 장례를 진행하면서 최선을 다하기 위해 노력했습니다. 이곳에서 장례를 치른 아이들은 보통 여덟 살에서 열두 살 사이의 아이들이 가장 많습니다. 오늘 이별한 아이가 스무 살 넘게 장수하면서 가족분들과 한없이 행복하면 좋았을 겁니다. 하지만 보호자님도 잘 아시겠지만 이렇게 열다섯 살이 넘은 노령의 반려동물 중 마지막 날 많이 아프지 않고서 너무나 착하게 편히 눈을 감는 아이는 사실 많지 않은 편입니다. 아마도 가족분들께서 그동안 누구보다 열심히 아이를 보살펴 주셨기 때문에 이렇게 편하게 떠날 수 있었다고 생각합니다. 보호자님, 그동안 고생 많으셨습니다, 정말 애쓰셨습니다."

이는 반려동물과 작별한 보호자에게 내가 보낼 수 있는 짧은 헌사이기도 하다. 반려동물의 사망 경위, 보호자의 상태에 따라 일부 내용은 달라지지만 취지는 같다. 오늘 장례식장을 찾기까지 고통스러운 나날을 버텨온 보호자가 마주한 슬픔을 누구보다 잘 알고 있기 때문이다. 어쩌면 모든 장례 절차를 마무리하는 시점에서 하늘나라로 떠난 아이를 대신해 그 아이가 전하고 싶었던 말을 대신 전해주는 시간이기도 하다.

많은 보호자가 이 순간 눈물을 왈칵 쏟아낸다. 온종일 쏟아낸 눈물과는 조금 다른 눈물이다. 반려동물을 보살피고 사랑하며 대가를 바란 것은 아니지만 지금까지 단 한 번도 그런 자신에게 고생했다고, 잘했고 애썼다고 위안을 준 사람은 많지 않았을 것이다. 그저 책임감과 사랑하는 마음에서 우러나왔던 자신의 노력이 누군가에게 인정받는 기분이었을 것이다. 실제로 나의 말 한마디가 평생 기억나고 그동안의 모든 고생을 보상받는 느낌이었다고 전한 보호자도 많다. 보호자는 그토록 듣고 싶었던 말 한마디가 있었던 것이다.

이렇게 나는 모든 절차의 종료와 함께 보호자의 슬픔도 어느 정도 종료될 수 있도록 노력한다.

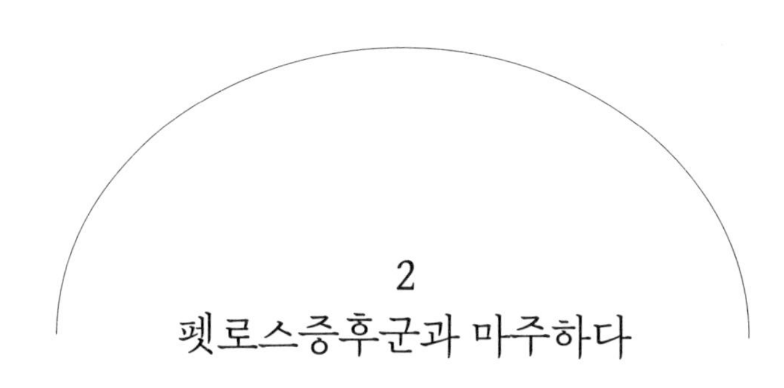

2
펫로스증후군과 마주하다

모든 죽음이 그러하듯 반려동물과의 영원한 이별 역시 결코 아름다울 수 없는 고통이다. 최근 여러 매체에서는 펫로스증후군에 대해 진지한 접근을 시도하고 있다. 우리나라의 반려동물 가구 수는 2000년대 초반부터 급격히 증가하기 시작했다. 20년이 흐른 현재, 반려동물들은 어느덧 자신의 수명에 가까워졌거나 이미 세상을 떠났다. 이제는 우리 사회 전체가 반려동물과의 삶뿐만 아니라 죽음 이후까지도 함께 고민하고 준비해야 한다.

반려동물상실증후군, 즉 펫로스증후군은 반려동물의 죽음 뒤에 느끼는 상실감으로 인해 일상적인 생활을 하기 어려운 상태를 말한다. 정도의 차이는 있겠지만 심할 경우 정상적인 생활이 불가한 경우도 있다.

특히 반려동물의 장례를 마친 뒤 더 이상 해줄 수 있는 것이 완전히 사라졌을 때 느끼는 허망함이 보호자를 스스로를 자책하게 만들거나, 과거에 좋지 않았던 기억을 반복적으로 떠올리게 만들기도 한다.

이러한 상태가 지속되는 건 좋지 않다. 그렇다고 어떠한 마음의 준비나 극복의 시도 없이 급하게 일상으로 복귀하는 것 또한 바람직하지 않다. 주변인들이 반려동물을 떠나보낸 보호자의 심경을 가늠하지 못한 채 행하는 위로가 도리어 상처를 줄 수도 있기 때문이다.

"금방 잊힐 거야.", "더 좋은 곳으로 갔을 거야.", "산 사람은 살아야지"처럼 아직 충분히 흘리지 못한 눈물을 성급히 닦아내는 한마디는 보호자 입장에서 '내 슬픔이 남에게 민폐를 끼치는 것인가.' 하고 눈치 아닌 눈치를 보게 만들 수도 있기 때문이다.

몇 시간도 안 되는 짧은 시간, 반려동물의 마지막을

위해 자리를 지켜주는 것이 남은 사람들의 몫이라면 우리 사회가 충분히 공감하고 감수할 만하다고 생각한다. 반려동물의 장례 공간을 존중하고, 그곳에서 슬퍼하는 이들을 이해해 주는 것만으로도 펫로스증후군으로 힘들어하는 보호자에게 위안이 된다.

장례식장을 방문한 보호자를 살펴보면 슬픔 외에도 분노, 죄책감, 불안 등의 다양한 감정을 느낀다는 걸 알 수 있다. 그러한 감정들이 해소되지 못하고 남아 있는 한 펫로스증후군에 의한 상심은 줄어들지 않는다.

슬프지만 일어나야 하는 이유

몸을 가누지 못할 정도로 몇 시간 동안 오열만 했던 보호자가 있었다. 갑작스러운 사고로 반려동물을 잃고 지인이 대신 예약해 방문한 경우였다. 경황없이 도착한 보호자는 추모실 안에서 완전히 무너졌다. 보호자는 추모실 밖으로 나가면 아이와 영영 이별하는 순간이라는 걸 본능적으로 알고 있었다.

보호자는 추모실을 나오지도, 담당 장례지도사를

부르지도 않았다. 몇 시간 지속된 울음은 그치기는커녕 실신 직전까지 그 강도가 심해졌다. 그 순간 나는 이러다 큰일 날 것 같다는 생각이 번쩍 들었다.

나는 추모실 안으로 들어가 좀처럼 울음을 그치지 못하는 보호자에게 조심스럽지만 단호한 말투로 상황을 설명했다. 아무리 슬프고 힘들어도 아이의 장례 절차는 지금뿐이고, 이 과정을 눈으로 똑똑히 보지 않는다면 나중에 큰 후회로 남을 것이라고 말이다. 내 말을 이해했는지 보호자의 울음소리는 점차 수그러들기 시작했다. 나는 이어서 보호자 입장보다 반려동물의 입장에서 생각해 달라는 요청을 드렸고, 지금 이 순간 충분히 슬퍼하는 것은 괜찮지만 아이가 보호자의 무너지는 모습을 마지막으로 본다면 걱정을 안고 떠나야 할 거라는 우려를 보탰다. 보호자는 그제야 정신을 차리기 위해 힘을 주어 몸을 일으켰다. 그렇게 그날 장례는 안전하게 치를 수 있었다.

사랑하는 가족의 장례를 치르면서 슬픈 건 너무 당연하다. 그러나 슬픔을 과도하게 드러내면 추모와 애도를 목적으로 하는 장례 절차를 안전히 치르지 못할 수도 있다. 또한 세상을 떠난 아이의 마지막을 회상할 때 단 한 순간이라도 놓치지 말았어야 할 아이의 마지막 모습보다 부축이 필요할 정도로 정신없이 울던 자기 모습만 머릿속에 떠오른다면 결국 나중에 남는 건 후회밖에 없을 것이다.

그래서 그 자리를 지키는 사람 중 가장 냉정해야 하는 사람이 장례지도사다. 보호자의 슬픔이 보호자와 반려동물 모두에게 좋지 않은 영향을 끼친다고 판단된다면 신중하게, 하지만 단호히 안내해야 한다. 타인의 감정을 제어하는 것은 불가능하다. 다만 그 감정이 어느 정도 소진된 후 올바른 애도 방법이 무엇인지 설명한다면, 나중에 보호자가 느낄 후회를 줄이고 아이의 마지막 인사를 더 잘 기억하도록 도와줄 수 있다.

추모실에 들어선 사람이라면 누구나 힘들고 슬프다. 하지만 반려동물의 마지막을 기억하기 위해, 그리고 충분한 사랑을 전하기 위해 그곳에 들어섰다. 지금까지 더 잘해주지 못한 모든 순간이 아쉬워 후회하고 있다면 아이를 마지막까지 지켜보는 일을 두려워하지 말아야 한다.

당신의 반려동물은 평생을 당신에게 의지해 왔다. 아마도 세상과 이별하는 순간까지 당신이 세상에서 가장 강한 존재라는 걸 확인할 것이다. 펫로스증후군의 두려움보다 지금 당장 나의 아이를 똑바로 마주하는 것이 '그날' 이후의 삶을 살아가는 데 힘이 될 것이다.

바로 그날이 내 소중한 반려동물을 기억하는 첫 번째 날이다.

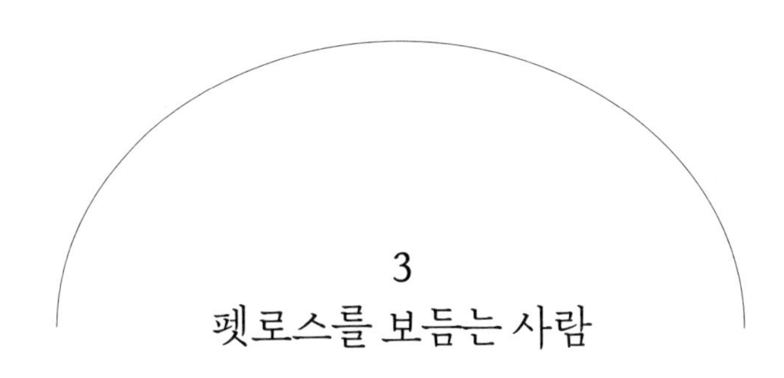

3
펫로스를 보듬는 사람

슬퍼하라고 있는 곳이 장례식장이다. 입구에 들어서기도 전부터 울음을 터뜨리는 사람도 있고 끝내 눈물조차 보이지 않고 돌아가는 사람도 있다. 눈물을 보이지 않는다고 해서 그 사람의 슬픔이 크지 않다고 할 수는 없을 것이다. 반려동물과의 마지막 인사가 끝나고 화장이 시작되면 각자의 방식으로 슬픔을 드러내는 모습이 내 마음속에 강렬하게 각인된다.

화장이 진행되는 동안 한동안 멍하니 유리창 너머만

바라보는 보호자에게 어떤 말이 필요할까. 그저 묵묵하게 최소한의 안내만 전하는 것으로 장례지도사의 할 일은 다한 것일 수 있지만 내가 뭔가 더 해줄 수 있을까 싶은 생각이 늘 들곤 한다.

화장이 끝나면 이제는 정말 더 이상 아무것도 해 줄 수 없다는 무력감이 실체가 되어 보호자의 마음을 아프게 할퀸다. 유리 한 장으로 가로막혀 있지만, 보호자에게는 반려동물과의 세계를 가르는 장벽과 다름없다. 미안함과 애석함이 교차하는 순간 슬픔의 강도는 세지기 마련이다. 이제 진짜 이별이 시작되었다는 사실을 온몸으로 받아들여야 하는 처지에 놓였다. 지금 보호자에겐 누군가의 도움이 절실하다.

채플린, 함께 슬픔을 짊어지는 사람

교회 이외의 단체에서 목사 역할을 하는 성직자를 '채플린chaplain'이라 부른다. 채플린은 정신적인 고통에 시달리는 사람을 돕는다. 아직은 생소한 직업이지만 사회구성원의 정신 건강이 매우 중요하다는 인식이 사회에 자리 잡으면서 심리상담사로 기능하고 있다.

일상을 살면서 뜻밖의 상실감으로 인해 모든 것이 무너진 것 같은 순간이 있다. 물론 피할 수 있으면 좋겠지만 인간이라면 누구나 그런 일을 겪기 마련이다. 그때 무너진 마음을 대신 그러모아 다시 내일을 생각하게 도와주는 한마디가 필요하다. 사랑하는 대상과의 영원한 이별만큼 고통스러운 일은 없다. 하지만 미안함과 후회의 감정만 되새김하고 있다 보면 깊이를 알 수 없는 우울 속으로 하염없이 빠져들 것이다. 이처럼 감정을 통제하지 못할 때 옆에서 도움을 주는 것이 채플린의 역할이다. 고통의 무게를 곁에서 함께 감내해주는 사람이 있다면 커다란 위로가 된다.

반려동물과의 이별 이후는 생각보다 훨씬 아프다. 반복된 경험으로 인해 조금 무뎌지거나 익숙해졌다고 해도 그 슬픔의 농도가 옅어지는 건 아니다. 몇 시간, 며칠, 몇 주 만에 치유될 리 없는 상실감이 갈수록 누적되어 일상으로의 복귀를 방해하는 경우도 있다. 가족과 지인이 곁에서 도움을 줄 수도 있지만 보다 전문적이고, 직간접적인 경험을 가진 채플린이 보호자의 이야기에 귀를 기울여주는 것만으로 상실로 인한 슬픔을 상쇄할 수 있다.

해외 언론에서는 이미 반려동물 전문 채플린의 양성과 활동을 비중 있게 다루고 있다. 반려동물의 장례문화가 보편적으로 자리 잡은 만큼, 그로 인해 보호자가 입을 심리적인 타격을 줄이고 안전하게 일상으로 복귀할 수 있도록 도와야 한다는 요구가 늘어났기 때문이다.

미국에서는 반려동물 전문 채플린 양성 교육 프로그램이 운영되고 있다. 반려동물 전문 채플린은 반려동물을 잃은 슬픔이 펫로스증후군으로 번지지 않도록 보호자의 심리적 안정을 지원한다. 반려동물의 죽음 직후 수의사와 장례지도사 사이에서 발생할 수 있는 역할의 공백을 채플린이 메꿀 수 있게 된 것이다. 예를 들어 채플린이 반려동물의 사망 직후 사후 기초 수습 과정을 보호자에게 안내하고 일시적으로 나타날 수 있는 보호자의 동요를 적절히 완화해 줄 수 있다.

반려동물 사망 후 장례를 치르기까지 과정은 크게 두 가지로 나누어진다. 병원에서 반려동물의 사망이 확인되면 수의사와의 상담을 통해 장례식장을 예약하거나 기초 수습에 대해 도움을 받는다. 가정에서 반려동물이 사망하면 장례식장에 연락해 장례지도사의 안내를 받아 기초 수습을 진행한다.

이러한 절차가 잘못된 건 아니지만 이 과정에서 보호자의 마음을 어루만져 줄 단계가 빠져 있는 게 사실이다. 물론 장례지도사로서 반려동물의 기초 수습 방법을 안내해 주고 형식적인 위로와 추모의 뜻을 전하는 것만으로 슬픔을 극복하는 데 큰 도움이 되었다고 말하는 보호자가 많다. 하지만 때론 "그때 내가 조금 더 말을 잘했다면 좀 더 도움이 되는 위로를 건넬 수 있었을 텐데", 혹은 "내가 조금 더 생각이 깊었다면 더욱 큰 힘이 될 수 있었을 텐데" 하고 전문적인 지식과 경험이 없는 것이 아쉽게 느껴질 때가 있다.

만약 장례 절차를 주관하는 장례지도사와 다른 시각에서 보호자와 함께 슬픔에 공감할 수 있는 채플린이 있다면 떠나는 아이와 떠나보내는 이의 관계를 시간의 낭비와 마음의 훼손 없이 온전히 유지해 줄 수 있을 것이다. 이제 반려동물을 잃은 우리의 상실감을 보듬어 줄 존재가 필요하다. 나 역시 국내 반려동물 문화의 필요에 따라 전문성 있는 채플린이 탄생할 수 있도록 최선을 다할 생각이다.

반려동물 장례지도사의 말

7년, 제가 사람의 마지막을 지켜온 시간입니다. 그동안 전 세상을 떠나는 사람과 그를 떠나보내는 이들의 마지막을 함께했습니다. 고인의 염습은 적응하기 쉽지 않았습니다. 7년이나 해왔으면서도 이 일이 내게 맞지 않는 것은 아닐까 의심이 들기도 했습니다. 그럴수록 저도 모르는 사이 조금씩 마음에 병이 들었습니다. 어린 나이임에도 제 얼굴에는 우울과 슬픔의 그림자가 무겁게 내려앉기 시작한 것입니다. 생명력 넘치는 사람과는 멀어 보였습니다.

그렇게 일을 그만둔 후 전 사람을 떠나보내는 일에서 멀어지려 노력하고 있었습니다. 마음도, 몸도 말이죠. 한동안 쉬면서 다시는 누군가를 떠나보내는 일은 하지 않겠다고 다짐했습니다만, 운명이었을까요? 저는 어느 순간 반려동물 장례에 관심을 갖게 되었습니다.

당시는 국내 반려동물 화장문화가 장례문화로 옮겨 가던 시기였습니다. 반려동물 장례식장을 통한 반려동물의 장례 절차는 제가 7년간 체득했던 사람의 장례 절차와 다를 바가 없었습니다. 사람의 장례를 진행하면서 느낀 바를 이제 막 성장을 시작한 반려동물의 장례문화에서 실현해 보고 싶기도 했습니다. 그렇게 시작한 저의 두 번째 장례지도사 일은 지금까지 이어지고 있습니다.

호기로운 마음으로 반려동물 장례식장으로 이직하고 며칠 후 염습 절차를 진행했을 때가 떠오릅니다. 반려동물의 체외 분비물을 닦고 충분히 빗질하는데 마음에 걸리는 부분이 하나 있었습니다. 입 주변의 털 일부가 입을 가리고 있었던 거죠.

사람의 경우 입관 전에 면도를 하거나 머리카락을 조금 다듬고 가볍게 메이크업을 하기도 합니다. 그 기억이 떠올라 전 자연스럽게 가위를 들었습니다. 순간 옆에서 지켜보던 선임 지도사님이 혹시 털을 자르려고 하는 건지 물어봤고, 저는 당당하게 그렇다고 대답했습니다. 그러자 선임 지도사님은 가위를 내려놓으라는 제스처와 함께 보호자들은 아이가 어떤 모습이든 사랑해 주는 사람이며, 오늘이 이 모습을 볼 수 있는 마지막 날인데 털 한 가닥마저도 그대로 보고 싶을 거라고 말씀하셨습니다. 그때 저는 제가 크게 잘못 생각하고 있다는 걸 깨달았습니다. 사람의 장례를 많이 치러본 경험이 오히려 반려동물 장례의 기본을 망가뜨릴 수 있다는 점을 비로소 이해한 것입니다.

그날 이후로 전 보호자와 반려동물의 심정을 이해할 수 있는 반려동물 장례지도사가 되려고 부단히 노력 중입니다. 다행히 아직 저는 처음 이 일을 시작했을 때 다짐했던 것처럼 반려동물 장례문화를 선도해 보고자 하는 열망이 있습니다. 5년 후, 10년 후 전 어떤 장례지도사가 되어 있을까요?

김태연 (6년 차 반려동물 장례지도사, 前 상조 장례지도사)

Part 5.

반려동물은 물건이 아니다

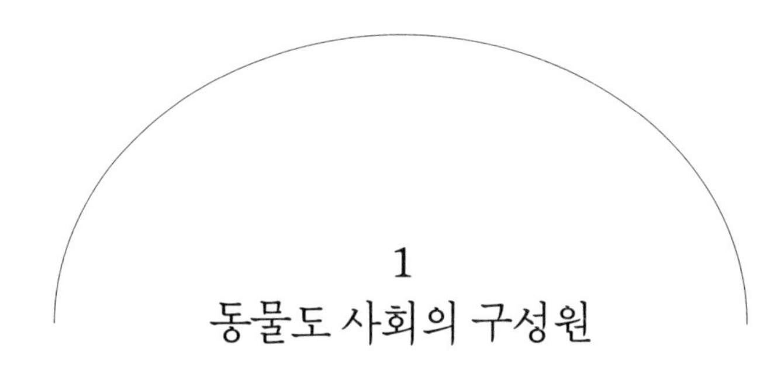

1
동물도 사회의 구성원

우리 사회, 어디쯤 왔을까?

국내 반려동물 문화가 급속도로 발전하면서 반려동물 장례 산업 역시 폭발적으로 성장했다. 전국적으로 반려동물 장례식장이 들어서고 있고 사설 기관에서는 반려동물 장례지도사들을 육성하고 있지만, 반려동물 장례의 수요는 생각보다 훨씬 급격하게 증가하고 있다.

한편으로는 그만큼 우리나라의 반려동물 장례문화

가 빠르게 정착되며 인식 개선 역시 급속도로 이루어지고 있다고 볼 수 있다. 반려동물 장례식장 역시 엄연한 사업체이다 보니 영리를 추구하는 것이 목적이다. 그럼에도 많은 반려동물 장례지도사들은 동물 장례와 추모 문화의 선진화를 위해 각자의 자리에서 최선을 다하고 있다.

반려동물 관련 산업은 계속해서 성장하고 있고, 그 속도는 정말 빠르다. 얼마 전까지만 해도 1년에 한두 번 열릴까 말까 했던 펫 박람회는 이제 거의 매달 전국 각지에서 열리고 있다. 예상보다 훨씬 빠른 성장세 탓에 그 부작용도 만만치 않다. 현재 법규에서는 반려동물의 사체를 생활폐기물로 규정하고 있다. 따라서 법의 허점을 노려 이를 교묘히 악용하는 업체가 난립할 위험성이 높다. 기초 법안부터 수정되지 않으면 산업이 발전해도 사회는 퇴보할 수밖에 없다. 이 변화는 법안 수정 및 제정 이전에 사회적인 통념 안에서 먼저 시행되어야 한다. 국민 다수가 인정하지 않는 움직임은 사회가 허용하지 않기 때문이다.

이제는 바뀌어야 할 때다. 동물 관련법에 있어서도 동정심이나 형평성을 바탕으로 이해를 구걸하는 단계에서 벗어나야 한다. 시대착오적인 법률은 수정되어야 하고, 현시대의 고민을 대변할 수 있는 법률이 그 자리를 대체해야 한다.

대체 이 아이에게 무슨 잘못이 있길래

어느 날 길고양이의 장례를 급히 치르고 싶다는 연락을 받고 간단한 안내 후 장례 예약을 도와드린 적이 있다. 다음 날 장례식장을 방문한 보호자들은 고양이 한 마리를 조심히 안고 들어왔다. 아이의 이름은 나방이였고 보호자들은 평소 나방이를 보호하던 이들이었다.

나방이의 몸에는 셀 수 없을 정도로 다친 곳이 많았다. 온몸 군데군데에 심각한 손상을 입은 채였다. 어쩔 수 없이 안 좋은 생각이 들기 시작했다. 질병에 의한 감염사도 아니었고 불의의 사고사도 아니었다.

며칠 전부터 떠들썩했던 길고양이 학대 사건을 나는 미처 알지 못하고 있었다. 보호자들도 장례를 문의할 때 그런 설명은 굳이 하지 않았다. 뒤늦게 나방이가 그 사건의 희생양이었다는 사실을 알고 마음이 너무 안

좋았다.

염습을 위해 나방이의 상태를 확인하고 나서야 보호자 중 한 명에게서 대략의 설명을 들을 수 있었다. 나방이는 안구가 돌출되고 두부 함몰이 된 채였다. 온몸에 성한 구석이 없을 정도로 참담한 상태였다. 구조 직후 곧장 병원으로 이송돼 집중 치료를 받았지만 끝내 사망했다고 했다. 염습 시 벌어지거나 찢어진 상처는 보통 꿰매서 수습해 주는데, 나방이의 상처는 그 상태가 너무 심해 수습이 쉽지 않았다. 나방이의 작은 몸을 아주 조심스럽게 닦으면서 내 가슴은 점점 뜨거워졌다.

'왜 그랬을까? 도대체 이 아이가 무슨 큰 잘못을 했길래.'

누군가의 학대로 이 아이는 고통 끝에 세상과 작별했다. 하루하루 고단하기만 했던 길 생활이 이토록 잔혹하게 끝날 줄은 아무도 몰랐을 것이다. 나는 끓어오르는 분노를 꾹꾹 누르며 최대한 평온한 표정과 말투로 장례를 진행했다. 어찌 됐든 난 나방이의 장례지도사였기 때문이다.

그날 분위기는 다른 장례식과 사뭇 달랐다. 슬픔보

다 분노와 안타까움이 가득했다. 자책하거나 미안함을 전하는 사람이 많았다. 나방이는 며칠 후 따뜻한 보금자리로 입양을 갈 예정이었다고 했다. 그래서 더더욱 보호자들이 신경을 써주고 있던 상황이었는데 믿기 힘든 일이 일어난 것이다.

조금만 더 빨리 입양을 보냈다면, 조금 더 자주 나방이의 상태를 확인했다면, 이런 끔찍한 일은 벌어지지 않았을 텐데. 후회와 미안함이 그 자리에 있는 사람들의 가슴을 아프게 만들었다.

추모실이 넓지 않아서 먼저 도착한 보호자들과 나중에 방문한 추모객들이 교대로 입장하면서 나방이를 애도했다. 평소 나방이를 챙겼던 추모객들은 대략 열두 명 정도였다. 반려동물의 장례식에는 많아야 한 가족 정도가 방문하는 편이지만, 나방이의 장례식에는 정말 많은 사람이 방문해 나방이를 위해 기도해 주었다. 그만큼 나방이는 이미 많은 사람에게 사랑받아 왔던 아이였다.

모든 장례가 끝난 후 나방이는 장례식장의 봉안당에 안치되었다. 지금도 나방이를 기억하는 사람들이 봉안당을 방문하고 있다. 봉안당에는 많은 아이가 안치되어 있지만 유독 나방이의 자리에 내 시선이 오래 머문 적이 많다. 그때마다 나방이에게 오늘도 편안히 잘 있었느냐고 인사를 건네곤 한다.

나방이뿐만 아니라 학대로 인해 죽음을 맞이한 동물의 장례는 이별의 아픔과는 다른 고통을 느끼게 한다. 처참한 몰골을 마주해야 하는 부담감과 인간에게 목숨을 빼앗긴 것에 대한 미안함이 가슴을 짓누른다. 우리나라도 동물에 대한 인식이 점점 나아지고 있다고는 하지만 실제로 이런 식으로 경험한 동물 학대 사례는 우리가 통계 수치로만 보는 것보다 훨씬 자주 일어나고 그 방식과 의도 또한 상상을 초월하는 경우가 많다.

최근 들어 사람들의 분노 표출이 반려동물에게 향하는 일이 자주 일어나서 참 안타깝다. 누군가의 분노가 말 못하는 동물에게 전가되어서는 안 된다. 너무나 단순한 이 사회적인 통념을 보란 듯이 무시하는 사람이 우리의 생각보다 훨씬 많다. 장례지도사의 일이 장례 절차를 엄숙하게 진행하는 것이기 때문에 감정을 마음껏 표출할 수는 없지만 이런 일을 눈앞에서 목도하면 마음속에서 이는 분노를 참기란 쉽지 않다.

더욱 안타까운 점은 그나마 이렇게 장례식장에서 최

소한의 애도를 받으며 무지개다리를 건널 수 있는 피해 동물의 수는 손에 꼽을 정도라는 것이다. 많은 수의 피해 동물이 누군가의 손에 의해 땅에 묻히거나 쓰레기로 처리되어 최소한의 애도조차 받지 못한 채 생을 마감한다.

지금 이 순간에도 어디선가 죄 없는 동물들이 인간에게 괴롭힘을 받고 죽임을 당하고 있다. 반려동물 문화가 선진화되고 관련 산업이 성장하는 것과 달리 우리 사회가 바라보는 동물에 대한 인식은 아직 부족하다. 이를테면 동물 학대에 대한 처벌의 강도가 점점 높아지고는 있으나 아직 그 처벌의 수준은 범행에 비해 약소한 게 사실이다.

무엇보다 강력범죄의 피의자 중 적지 않은 수가 동물 학대를 반복하다가 사람에게까지 폭력을 확장하게 된다. 비단 말 못하는 동물을 학대하고 죽음에 이르게 하는 것으로 끝나는 것이 아니라, 곧 사람에게 해를 입힐 수 있기 때문에 우리 사회가 동물 학대에 대해 각별히 관심을 가져야 한다고 생각한다.

생명에 대한 존중이 우선하는 강력한 법이 제정된다면 아동을 학대하거나 버리는 것을 금하듯, 동물 역시 학대당하거나 유기되지 않을 것이다. 결국 동물을 대상으로 하는 복지보다 동물과 함께 살아가는 사람을 대상으로 하는 복지가 필요한 시점이다. 그리고 그 복지의 영향력은 동물의 사후 시점까지 책임질 수 있어야 한다.

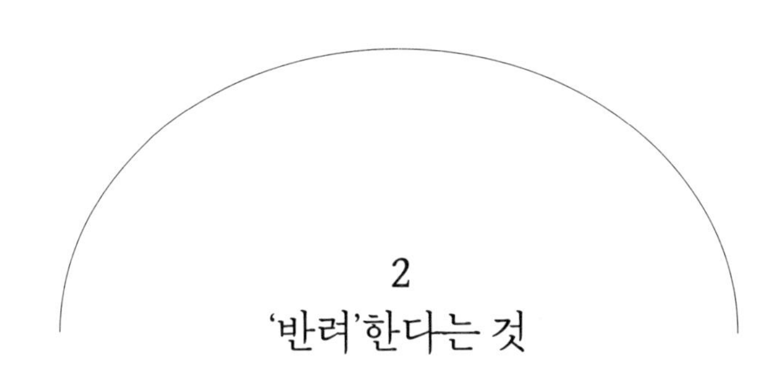

2
'반려'한다는 것

우리말에는 동음이의어가 참 많다. '반려' 역시 그렇다. '반려'라는 단어에는 '짝이 되는 동무'라는 뜻도 있지만, '되돌려준다'는 뜻도 있다. 그래서 '반려한다'는 말은 상반된 의미를 함께 갖고 있어 어떻게 사용하는지에 따라 그 의미가 완전히 달라진다. 평생 함께한다는 의미를 담아 반려동물이라 부르지만, 한편으로는 버리고 파양하고 목숨을 위협하는 행위라면 되돌려준다는 뜻으로도 쓰일 수 있음을 유념해야 한다.

반려동물 가구 수는 나날이 증가하고 있지만, 지금 이 순간에도 매년 약 8만 2,000여 마리의 동물이 집밖에 버려지고 무책임한 관리와 학대로 인해 세상과 이별하고 있다. 반려동물과 함께하고자 한다면, 당장 귀엽고 예쁜 생명을 키우고 싶다는 생각만 앞서선 안 된다. 반려동물의 죽음 이후의 삶까지 감안하여 가족으로 맞이하겠다는 결심이 필수다. 생각지도 못한 이별이 이후의 삶을 괴롭힐 수밖에 없기 때문이다. 운명적인 만남만큼 아름다운 이별도 고려해야 하는 법이다.

반려동물의 죽음을 마주하는 건 쉬운 일이 아니다. 현실적으로 보호자는 슬픈 내색을 감추고 살아가는 데 익숙해져야 한다. 아직 우리 사회는 반려동물과의 이별을 대수롭지 않게 생각하기 때문이다. 반려동물은 홀로 먼 길을 떠났지만 보호자는 일상으로 돌아와야 한다. 반려동물과 이별한 보호자는 분명 외로울 것이다. 하지만 세상은 그 외로움조차 유난이라고 말한다. 밖으로 표현하지 못한 슬픔은 쌓이고 쌓여 후유증을 남길 수밖에 없고 펫로스증후군이라는 굴레에 갇히기 십상이다.

누가 이별이 무엇이냐고 질문을 하면 뭐라고 답해야

할지 고민한 적이 있다. 예전에는 연인 사이의 이별이나 가족의 사별 정도가 내가 경험한 이별의 전부였다. 그러나 지금은 매일 몇 번씩 이별을 목격한다. 그것도 다음 만남을 기약할 수도, 서로의 안녕을 빌어줄 수도 없는 이별뿐이다.

내게 반려返戾한다는 말은 하늘로 되돌려준다는 뜻으로 느껴진다. 하늘에서 내려온 동물을 한평생 품 안에 두고 지내다가 다시 하늘로 돌려보내는 것. 그렇게 여기고 나니 반려의 상반된 두 의미가 하나의 의미로 대체되는 것 같았다. 바로 '사랑'이다. 평생을 함께하는 동안 사랑하고 사랑받았던 힘이 누구도 범접할 수 없는 관계를 구축하고 모든 순간을 빛나게 해 주는 것이라고 말이다.

빈 자리를 채우는 마음

한편 보호자에겐 남아 있는 반려동물에게도 최선을 다해야 할 의무가 있다. 그 아이들은 여전히 보호자의 돌봄이 필요하다. 먼저 떠나보낸 반려동물과 이별한 것은 보호자와 가족만이 아니다. 어쩌면 보호자보다 훨씬 더 많은 시간을 보내고 비교할 수 없을 정도로 많은 교감을 해 왔던 형제 반려동물에게는 어느 날 갑자기 형제가 사라진 것과 같다.

장례 후 달라진 집 안 공기와 환경은 남은 반려동물에게 큰 스트레스로 작용할 확률이 매우 높다. 평소와 다름없이 행동한다는 게 쉽지는 않겠지만 적어도 집 안에서만큼은 최대한 평소대로 생활하면서 다른 아이들을 안심시키는 게 우선이다. 먼저 떠난 아이의 빈자리를 보호자의 관심과 노력으로 채워야 한다. 그러려면 보호자가 건강해야 하고 마음도 강해져야 한다.

실제로 보호자가 심각한 펫로스증후군을 앓아 일상생활이 불가능해지면서 혼자 남은 반려동물을 잘 보살피지 못하는 상황이 종종 발생하기도 한다. 이러한 상황이 지속되면 남은 아이마저 떠나보내는 일이 생길 수 있다.

그래서 힘들겠지만 보호자는 자신의 건강 상태와 심리 상태를 평상시처럼 유지해야 한다. 물론 아무렇지 않은 듯 일상으로 돌아오는 건 어렵겠지만, 영문도 모른 채 영영 떠난 형제를 하염없이 기다리는 반려동물을 반려하고 있다는 사실을 잊지 말아야 한다.

이토록 견디기 힘든 일을 언젠가 다시 겪어야 한다는 생각이 들 수도 있다. 그러나 달리 생각하면 먼저 떠나보낸 아이에게 미안한 마음만큼 현재의 아이에게 좀 더 완전한 행복을 만들 수 있는 기회가 주어졌다고 생각해 보는 건 어떨까.

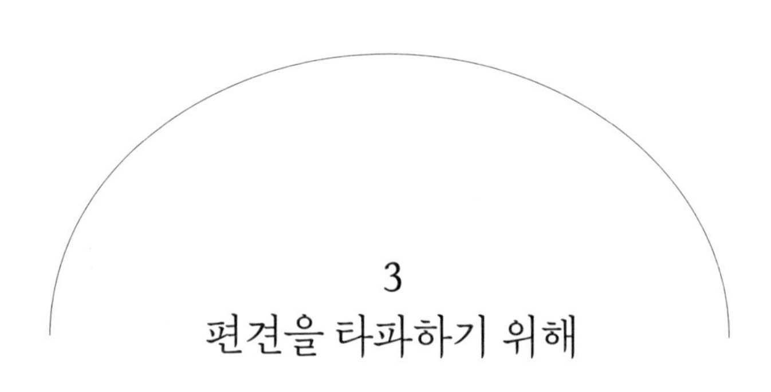

3
편견을 타파하기 위해

반려동물 장례지도사의 길을 택한 후, 이 직업에 대해 잘 모르거나 잘못 알고 있는 사람들을 위해 반려동물 장례지도사를 적극적으로 세상에 알려야겠다는 생각이 들었다. 아무래도 생소한 직업이다 보니 대부분의 사람에게 세상에 없는 일로 인식될 수밖에 없었다. 심지어는 그게 무슨 직업이냐며 어엿한 직업으로 인정하지 않는 이들도 있었다. 그럴 때마다 나는 스스로 더더욱 내가 하는 일을 알려야겠다는 사명감을 느꼈다.

반려동물 장례지도사라는 이름이 생소할 수는 있겠지만, 이 일 역시 반려동물과 함께 살아가는 사람들에게 꼭 필요하기 때문에 생겨났다. 물론 전문적인 교육 기관의 교육 과정이 있거나, 국가에서 공인된 전문 자격증을 취득해야만 하는 소위 전문직은 아니지만 반려동물 장례 절차만큼은 누구보다 잘 알고 있다는 자부심으로 일해왔다. 그러면서 점점 반려동물 장례지도사라는 직업을 어떻게 더 많은 사람에게 알릴 수 있을까 고민하기 시작했다.

그래서 처음엔 투병 중인 반려동물의 보호자들이 모인 온라인 카페에서 '싼쵸아빠'라는 닉네임으로 활동했다. 아픈 아이들을 돌보는 보호자들이다 보니 자연스럽게 아이의 마지막을 준비해야 하는 상황에 직면한다. 그때 보호자들이 어떻게 해야 할지 난감해하는 모습을 보고 내가 가진 경험을 정리해 도움을 주고 싶었다.

그때부터 나는 사람들 앞에서 내 직업을 당당히 소개했다. 반려동물 장례지도사의 조언이나 도움이 필요한 보호자들과는 소통을 이어가며 내가 도움을 줄 수 있는 범위 내에서 질문에 답변하기도 했다. 보호자들의 질문은 처음에는 매우 원론적인 것에서 시작했다가 점점 구체적으로 바뀌어 갔다. 가령 '우리 아이가 죽으면 어떻게 해야 하나요?'로 시작한 질문은 '아이가 눈을 감는 순간을 위해 무엇을 준비해야 할까요?'로 구체화되곤 했다. 그런 질문과 답변이 쌓이고 쌓여 지금 이런 글을 쓸 수 있게 되었다.

결과적으로 이렇게 보호자들과 소통하면서 긍정적인 반려동물 장례문화의 한 부분을 만드는 데 내가 작게나마 이바지했다고 생각한다. 이러한 소통은 앞으로도 계속 필요할 것이며 이로 인해 건설적이고 새로운 반려동물 장례문화를 만들 수 있을 거라 믿는다. 같은 맥락에서, 나는 보호자들과 소통하는 강연이나 지도사를 준비하는 사람들을 위한 강의도 병행하고 있고, 관련 도서를 집필하는 데도 몰두하고 있다.

강연을 합니다

내가 처음으로 반려동물 장례와 관련해 강연한 것은 2017년이었다. 2017년 '특별한 산책 : 떠나보냄의 기술'이라는 주제로 경기도의 한 시립 도서관에서 특별 세미나를 주최한 적이 있었다. 이 세미나는 반려동물 보호자들과 펫로스를 준비하는 사람들에게 현실적인 방법을 가르쳐주고 서로의 경험을 나누는 자리였다.

당시 난 모든 것이 서툴렀다. 많은 사람 앞에서 마이크를 잡고 말하는 게 매우 떨리고 부담스러웠다. 경험이 일천한 내가 처음으로 기획한 자리라 사람들이 많이 와줄지 걱정되었고 나의 한마디 한마디가 행사장의 분위기를 좌우할 거란 생각이 들어 좀처럼 긴장을 놓을 수 없었다.

우려와 달리 준비된 공간은 보호자들로 가득 찼다. 그들에게 펫로스증후군에 대해 설명하고 그 이후의 삶은 어떻게 준비할 것인가에 대해 내가 준비한 이야기를 차근차근 풀어놓았다. 나의 한마디가 누군가에게는 한없이 무거운 의미로 받아들여질 수도 있겠다고 생각하니 단어 하나를 말하는 것도 매우 조심스러웠다. 떨리는 목소리로 말을 이어갔지만 나도 내가 무슨 말을 하고 있는지 알 수 없을 정도로 긴장한 상태였다. 그럼에도 일부러 시간을 낸 보호자들의 눈빛을 보니 부담감과 함께 사명감이 느껴졌다. 경청 중인 보호자들이 고개를 끄덕일 때마다 내 생각이 제대로 전달되고 있다고 생각하니 다행이다 싶었다. 그것이 나의 첫 강연이었다.

더 폭넓게 소통합니다

한편 반려동물 장례와 관련된 인터뷰나 여러 영상 콘텐츠 출연 요청 역시 좀 더 많은 사람에게 이러한 문화가 있고, 앞으로 더 발전할 거라는 인식을 심어 주는 것이 좋겠다는 마음으로 적극 참여해 왔다. 때론 과한 제안도 있고 무분별한 미디어 노출의 부작용을 경계해야 할 때도 있어 요즘엔 어느 정도 조절하려고도 한다.

최근에는 오디오 기반의 SNS와 개인 유튜브 채널을 이용해 내 생각과 소신을 가감 없이 전달하기 위해 노력 중이다. 오디오 기반의 SNS에서 함께 모임을 갖는 분들은 대부분 반려동물의 죽음을 준비 중이거나 이미 경험한 분들이다. 같은 경험을 가진 이들이 모여 평소 하지 못했던 말과 감정을 공유할 수 있는 매우 소중한 시간이다. 유튜브 채널로는 시대 흐름에 맞춘 영상 콘텐츠를 제작해 공개할 예정이다. 이처럼 나는 다양한 방법으로 반려동물 장례지도사로서 대중들에게 나의 메시지를 조금 더 쉽게 전하고 싶다.

반려동물 장례지도사로 약 10년간 일하며 반려동물의 장례를 책임져 왔지만 이제는 아직 누구도 가지 않은 길에 먼저 발을 내디뎌야겠다고 생각했다. 내가 한창 어깨너머로 학습했던 직무를 지금 시대에 맞게 체계적으로 정리하고 보완하고 싶은 마음이다. 그렇게 지도사 후배들의 길라잡이가 된다면 내가 경험했던 반려동물 장례지도사에 대한 대중의 인식이 조금 더 달라질 거라고 믿고 있다. 물론 빠르게 변하는 시대에 뒤처지지 않기 위해 과거보다 훨씬 큰 노력과 연구가 필요하다는 걸 절실히 느끼고 있다.

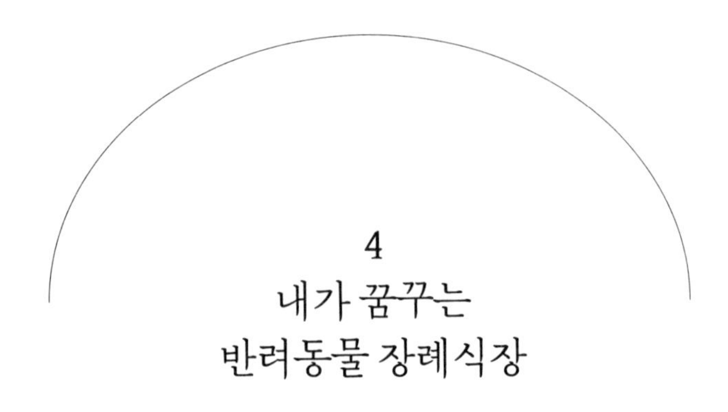

4
내가 꿈꾸는 반려동물 장례식장

오랫동안 장례지도사로 일했지만 매일 몇 번이고 진행되는 장례 절차마다 모두가 만족할 만큼 이상적으로 의전 절차를 진행했느냐고 묻는다면 솔직히 선뜻 그렇다고 대답하지 못한다. 장례 절차란 시간과 금전이 상당 부분 소요되는 일이고 경제적인 측면에서 어쩔 수 없는 부분도 존재하기 때문이다.

우리나라를 대표하는 반려동물 장례식장에서 최고 선임의 역할을 다하며 수석 장례지도사로 수년을 종사했다. 그동안 나의 가치관과 반하거나 보호자와 반려동물을 우선하기보다 소비를 종용하는 부분이 있다면 결코 타협하지 않으려 노력했다. 한결같이 초심을 유지하는 일이 쉽지만은 않았지만 그럼에도 현실에 부딪혀 적당히 받아들이는 대신 오랫동안 하나씩 고쳐보겠다는 다짐을 스스로에게 한 적이 있다.

나에게는 오랜 꿈이 있다. 오직 보호자와 반려동물만을 위한 반려동물 장례식장을 여는 일이다. 발을 들인 순간 잠시나마 현실을 잊게 만드는 공간을 반려동물을 잃은 사람들에게 제공하고 싶다. 보호자 가족들이 그날 하루라도 온전히 반려동물을 위해 함께 슬퍼할 수 있는 시간과 공간이 반드시 필요하다. 하루에 한 가족만이라도 충분히 애도할 수 있고 마음의 위로가 될 수 있는 곳, 반려동물을 위한 마지막 배웅을 통해 보호자의 마음을 치유할 수 있는 곳, 바로 그런 곳이 내가 꿈꾸는 반려동물 장례식장이다.

미래의 반려동물 장례식장은 업체끼리의 경쟁으로 촉발된 고급화 전략을 지양해야 한다. 비용만 비싼 소위 '프리미엄'이 아닌, 보호자의 '프라이빗'을 더욱 중시하는 공간이 되어야 하고, 그에 따라 반려동물 장례 방식 역시 변해야 한다. 나아가 이러한 변화가 미래의 반려동물 장례식장의 선행 모델로서 더욱 보편화되길 고대한다.

하루 24시간 개방이 가능한 추모 공원을 조성하는 것 역시 나의 소망이다. 현재는 봉안당으로 사용되는 공간을 따로 두지 않거나, 한 건물에 마련한 장례식장이 대부분이다. 누구나 자기 반려동물이 생각날 때마다 아무 때나 보러 올 수 있어야 하지 않겠는가. 지금도 몇 년간 매일매일 아이를 보러 오는 보호자가 있다. 하지만 장례식장이 24시간 운영되지 않기 때문에 보호자는 장례식장의 운영시간에 맞춰야 하는 불편을 감수해야 한다.

그렇다면 별개의 공간을 운영하면 어떨까? 신분 인증이 완료된 사람이라면 누구나 언제든지 자기 가족을 보러 올 수 있는 공간이 있었으면 한다. 보호자가 자기 반려동물에게 매일매일 못다 한 사랑을 마저 건넬 수 있는 시공간이 될지도 모른다.

또한 반려동물 장례식장에는 펫로스증후군을 대처하거나 안내할 수 있는 누군가가 필요하다. 그 역할은 장례지도사가 할 수도 있고, 전술한 채플린이 할 수도 있고, 심리상담 전문가가 할 수도 있다. 누구라도 보호자의 이야기를 귀 담아 들어줄 수 있다면 장례 후 찾아올지도 모를 펫로스증후군의 고통을 조금이라도 덜 수 있을 것이다.

나를 가장 잘 안다고 생각하는 사람도 반려동물의 죽음이 수반하는 타격을 전부 이해하거나 자기 일처럼 엄중하게 받아들이지 못한다. 오히려 쉽게 던진 가벼운 위로 한마디가 더 큰 상처를 줄 수도 있다. 어렵게 일상으로 돌아간다 해도 하루아침에 반려동물의 부재를 인정하기란 거의 불가능하다. 그런 점에서 보호자와 비슷한 결의 감정을 공유할 수 있는 사람이 장례식장에 상주하며 그 역할을 해준다면, 보호자가 펫로스증후군의 아픔으로부터 한 걸음 더 멀어지는 데 도움이 될 것이다.

이것이 언젠가 나만의 반려동물 장례식장을 열어 그리고 싶은 장면들이다. 그리고 마지막으로 나는 앞으로도 반려동물 장례지도사로 살아갈 것이다. 앞으로 조금 다른 꿈을 갖게 되더라도 가장 중요한 본업인 반려동물 장례지도사로서 내 힘이 닿는 데까지 누군가의 반려동물을 위한 장례를 진행할 것이다.

내가 꿈꿔온 반려동물 장례식장에서, 내가 직접 장례지도사로 일하는 것이야말로 한평생의 소망이자, 나의 각오다.

반려동물 장례지도사의 말

8년을 함께한 강아지 메리를 아버지의 반대로 유기견 분양소로 보낸 일은 제가 평생 잊지 못할 상처와 후회로 남아 있습니다. 처음엔 아버지를 설득해 메리를 다시 데려올 생각이었습니다. 길어 봤자 며칠이라 여겼기에 가족들은 동의했고, 이후 아버지를 설득하는 데도 성공했습니다. 하지만 며칠 후 분양소에 다시 갔을 땐 이미 메리의 입양이 결정되었다는 이야기를 들었습니다. 어머니와 전 말로는 다하지 못한 후회로 인해 서로 부둥켜안고 울 수밖에 없었습니다. 그렇게 전 메리를 영원히 떠나보내야 했습니다.

한순간의 잘못된 결정으로 저는 영원한 이별을 겪었습니다. 일이 하나도 손에 잡히지 않았고, 하루종일 머릿속에서는 메리가 떠나지 않았습니다. 그때 다른 결정을 했었다면 어땠을까, 내가 조금 더 빨리 왔다면 어땠을까 하는 후회가 가슴을 짓누르는 것 같았습니다.

이후 전 반려동물과 관련 있는 직업이 무엇이 있을까 알아보기 시작했습니다. 당시 저는 광고 영업직에 종사하고 있었는데 더 이상 이 일에서 보람을 찾을 수 없었기 때문입니다. 그러다 만난 것이 반려동물 장례지도사였습니다. 당시에는 그런 직업이 있는지도 처음 알았고, 제가 이 일을 지금까지 하게 될 줄도 몰랐습니다.

이 일에 종사하면서 저는 세상에 이렇게 많은 종류의 슬픔이 있는지 처음 알게 되었습니다. 매일 사람들의 슬픔을 마주하며 저는 조금씩 성장하는 중입니다. 그리고 무엇보다 제 직업이 가장 가까운 곳에서 그 슬픔에 공감할 수 있는 직업이라는 사실이 매우 자랑스럽습니다.

전승수 (4년 차 반려동물 장례지도사)

반려동물 장례지도사의 말

어렸을 때부터 저는 동물을 정말 좋아했습니다. 대학에서 애완동물학과를 전공하고 졸업 후에는 강아지 훈련 공부를 하면서 훈련소에 취직해 경험을 쌓았습니다. 이후 반려동물 사료 회사에 입사해 일했습니다. 그래서 저는 반려동물에 관해서라면 뭐든 잘 알고 있다고 생각했습니다. 그러나 한 가지, 반려동물의 죽음에 대해서는 진지하게 생각해 본 적이 없었습니다.

언젠가부터 반려동물이 죽으면 어떻게 해야 하는지, 그 궁금증이 점점 커졌습니다. 대학에서 배운 내용은 그저 원론적인 설명에 불과했습니다. 그러다 반려동물 장례식장이 우리나라에 많이 생기기 시작했다는 사실을 알게 되었습니다. 반려동물의 모든 것을 알고자 했던 저는 반려동물 장례문화에 관심을 쏟아 보기로 결심했습니다. 그리고 그 결심은 현재 진행 중에 있습니다. 장례지도사로서 말입니다.

김영덕 (3년 차 반려동물 장례지도사)

에필로그

나의 소신을 지켜내기 위하여

2017년 1월, 나는 경기도 광주에 있는 반려동물 장례식장 펫포레스트에 설립 멤버로 정식 입사했다. 그리고 2022년 3월, 펫포레스트 총괄 본부장이라는 직함을 두고 퇴사했다. 그렇다고 반려동물 장례지도사를 은퇴한 것은 아니다. 단지 좀 더 폭넓은 일을 하고 싶었다. 충동적인 결정은 아니었다. 오랜 시간 반려동물 장례지도사로 일하면서 나 자신을 돌아볼 필요도 있었고, 보다 나은 반려동물 장례문화를 위해 본격적인 고민을 해야 하는 시점이라고도 생각했다.

그래서 결정했다. 퇴사는 직장인으로서 당장 고정

적인 수입을 포기한다는 뜻이기에 쉽지 않은 선택이었으나, 한편으론 내가 구상한 꿈을 실현하기 위해서 이 정도의 각오는 해야 했다.

내가 살아온 시간을 돌아보면 어떤 일이든 시도하지 않았을 때 후회가 많았고, 시도해서 후회한 일도 참 많이 겪었다. 그렇지만 지금 이 책을 쓰고 있는 것처럼 내 스스로를 위해 끊임없이 무언가를 도전해야 한다는 신념만은 단 한 번도 굽힌 적이 없다. 이번에도 내가 선택한 것을 위해 최선을 다할 생각이다.

앞으로도 난 반려동물 장례지도사로 활동하며 내 가치관과 부합하는 반려동물 장례문화를 만드는 데 이바지하고 싶다. 반려동물 장묘업이나 장례 산업을 마냥 상업적으로만 바라보지 못하도록 긍정적인 방향으로 발전시키고 싶다.

반려동물 장례문화의 산업적 성장을 개인의 힘으로 거부할 수는 없다. 그렇기에 불가피한 부분 외에 반려동물의 죽음과 보호자의 슬픔을 상업적으로 이용하는 것을 방지하고 올바른 방향으로 인도하고 싶다. 물론 모든 산업이 그렇듯이 반려동물 장례업 역시 경제적인 문제에서 자유로울 수 없다. 반려동물 장례식장을 운영하려면 그에 걸맞은 수익을 얻어야 하기 때문이다. 게다가 아직 우리나라에는 반려동물 장례식장이 부족하고, 이마저도 수도권에 집중되어 있다 보니 지방에서의 반려동물 장례는 쉽지 않다. 이러한 현실 때문인지 기존의 장례식장들도 예약된 장례를 치러내기에 급급하다.

그러다 보니 갖은 방법으로 수익을 늘리려 골몰하는 일도 많다. 결국 장례지도사가 갖추어야 할 도덕성은 옅어지고 선진 장례문화라는 미명하에 동물의 죽음을 이용하기도 한다, 동물의 넋을 기리고 반려인을 위로해야 할 일이 돈벌이가 되는 것 같아 안타까운 마음이 크다.

그래서 나는 이런 잘못된 문화를 바로잡고 싶다. 적어도 반려동물 장례지도사의 사명을 내팽개치고 돈벌이로 만들기에 급급한 이들과 타협해선 안 된다. 이것이 앞으로 반려동물 장례지도사로 살아갈 나의 소신이다.

나는 2022년 4월 '한국반려동물장례연구소'를 설립했다. 반려동물 산업에 종사하는 전문가들의 도움을 받아 선진적인 반려동물 장례문화를 만들어내기 위한 나의 첫 발걸음이다. 난 이곳 연구소에서 현직 지도사이자 연구소장으로 새로운 출발을 했다. 현직 반려동물 장례지도사로서 아무도 가 보지 못한 길이다. 도전이고 모험이다. 오늘까지의 내가 걸어온 시간과 지금까지 쌓아온 경험이 이 연구소의 주춧돌이 되길 바란다. 새롭지만 새롭지 않은 일이다.

그렇게 요즘 난 반려동물 장례지도사를 처음 시작했을 때 느낀 그 설렘과 그 떨림을 10년 만에 다시 느끼고 있다. 부디 10년 후에도 나의 소신이 그대로 이어져 아주 먼 길을 떠나는 반려동물을 위해 은은한 빛을 밝혀줄 수 있는 사람으로 기억되길 소망한다.

반려동물 장례지도사

강성일

당신이 반려동물과 이별할 때

초판 1쇄 발행 2022년 8월 29일

지은이 강성일

펴낸곳 (주)행성비
펴낸이 임태주

책임편집 이세원
디자인 페이지엔

출판등록번호 제2010-000208호
주소 경기도 파주시 문발로 119 모퉁이돌 303호
대표전화 031-8071-5913
팩스 0505-115-5917
이메일 hangseongb@naver.com
홈페이지 www.planetb.co.kr

ISBN 979-11-6471-200-7 03810